博士、布都與我

李潼 著

目次

推薦序一

兒童是成人世界的鏡子

《文學臺灣》雜誌主編 彭瑞金

馬克．吐溫的《湯姆歷險記》裡的湯姆和《赫克歷險記》裡的赫克，都是十二、三歲的小男孩，由他們擔綱演出的歷險記，是美國文學史上的代表性作品，馬克．吐溫文學留給人們的印象，似乎也不超過這兩部名著。出生於密蘇里，在一個叫漢尼拔小鎮長大的馬克．吐溫，和十九世紀中葉，多數在密西西比河沿岸出生長大的美國人一樣，都經歷過和湯姆、赫克或多或少相近似的童年，包括和他們相似的調皮、慧黠、說謊、幻想。馬克．吐溫的作品被指為「真切反映兒童世界趣味的生活」，卻又何嘗不是他自己和同時代美國人的成長故事？很多人藉這個故事去追憶已經逝去的美國生活，有更多的人，則透過這樣的作品，去洞察同樣也是一逝不還的幾幅人類心靈風景。是否一定要苦苦追問，馬克．吐溫這兩部作品是寫給成年人看的呢？還是兒童文學？

有人說，好的文學作品沒有圍牆、也沒有邊界，是說，文學作品對任何人都具有感染的力量，而不是說，每一個人都從同一部作品裡獲得相同的感受和心得；因此，除了用字造句的淺近和不屬於兒童世界的事務外，又何必在成人文學與兒童文學之間，另設藩籬？李潼是兒童文學名家，但這部《博士、布都與我》，描寫兒童三劍客見聞的作品，除了文字節奏和以兒童為主角之外，反省、檢討的，全部都是成年人世界的事務，兒童像一面鏡子，忠誠地反映了成人世界的偏執、自利，甚至是虛僞、愚蠢。有人說，馬克・吐溫過度誇張了湯姆的慧黠和正義感，卻忽略它是一部記錄成長經驗的小說，在孤立的逆境中長大的孩子，正如孤臣孽子，他會以旁人意料不及的成長智慧，幫自己跨越種種人生的難關。

李潼的兒童三劍客故事，雖然沒有個人的風險經歷，不是兒童冒險故事，但他們以及周遭的兒童，卻以兒童本有的真誠，像試紙一樣，去測試成人世界，出現的五顏六色，雖未必是兒童能解，卻足夠令成人羞赧、難堪。這部兒童小說的結構，其複雜性恐怕遠遠超過一般兒童的負荷。從一個離群索居三十多年、偶然被發現的「野人事件」，不但集合了臺灣社會數十年來，一直存在的族群議題，事件集合了泰雅族人、外省人、福佬人，甚至還有「阿匠」那樣的，被原住民當平地人，被都市裡的平地人當外省人，外省人問他是「哪裡人」？一個在族群邊緣游移的人。野人事件更暴露了城鄉文化嚴重的歧異性。這些都是成人世界的紛爭，不是兒童所能理解，兒童只是把它引爆，或照射出來。

隱居深山三十多年而活得好好的「野人」，早已是不動的山靈，不管居於什麼目的，想要把他找出來、綁起來，都是庸人自擾，都是冒犯。只有以救人為天職的護士和兒童，以及受盡人間不受尊重滋味的「阿匠」，才比較接近「野人」心情，能同情他的境遇。相對於代表都市文明的媒體，無所不用其極的粗暴、對別人的不尊重，鄉下人的「純蠢可愛」，又是一面鏡子，照映了另一種人間的醜陋圖像。兒童閱讀此書，雖然未必能解之中的環環相扣的社會議題，但肯定可以得到野人應受尊重的印象，「尊重別人生活的內容和方式」不正是解開當今族群癥結的鑰匙嗎？

發現野人固然是作者虛構出來的懸疑、有趣的事件，但作者有意無意地，也流露了對野人生活世界的嚮往心情。也許作者很自制地想把這部作品定位在兒童小說或少年小說的位階上，而刻意放下了社會批判的刀，但和野人生活的世界比較起來，不僅搶新聞的媒體代表的都市文明，令人厭惡，就是「澳花村」村民的紛紛擾擾，也令人十分不堪。凸顯野人世界，豈不是兩面刀法？不批判也批判。

推薦序二

淺談李潼的「三劍客」

鄉土文史工作者
宜蘭縣文藝作家協會理事長 徐惠隆

話說民國六、七十年代，臺灣歷經多次的政治事件：退出聯合國、中日斷航、中美斷交、美麗島事件、林宅血案……等，國家處境相當艱難，社會瀰漫著一股讓人窒息的氛圍，就在絕處之時，相對的從民間發起的一股文化藝術力量也悄悄上演，包括民歌、通俗民間藝術及鄉土文學、在地文化的甦醒盛行，可謂枯木逢春。李潼就因緣際會地搭上列車，從民歌創作到散文書寫，到少年小說創作，這些都需要鄉土做為養分，他靠著兩隻手、兩條腿走出了一條他專屬的道路。

與李潼相遇，那是他還使用賴西安真名的時候。民國六十年代末，宜蘭縣青年救國團的文藝刊物《蘭陽青年》成立編輯組，由宜蘭高中、蘭陽女中兩校教師領銜出任編輯委員，對此有興趣的賴西安，邀集了他羅東高工幾位國文老師毛遂自薦，主動要求要參與編務。《蘭陽青年》是全縣高中職校及國民中學共同的文藝刊物，他認識我，深知我從事蘭陽文史、地理調查多年，認為《蘭陽青年》的專欄應該要有鄉土文化特色，因此邀我入夥，扛起編輯工作。就這樣開啟了我與他之間合作長達十多年的編務情感。

一九八九年《博士、布都與我》長篇少年小說問世了，以李潼的著作年齡或作品量而言，它算是早中期的作品。次年，這本書馬上獲得第十五屆國家文藝獎作品的榮譽，誠屬不易！李潼在後記中說：《博士、布都與我》書中三位主人翁，因野人事件而參與了村民的族群拚鬥，無疑也參加了一場盛大的成年禮。成年禮是什麼？各族群的作法與理解都不同，有的要表現出英雄氣概；有的要表現出知書達禮；有的要在身上刺青某種標記符號等，但不外乎是要一個人擁有機智、勇敢，並呈現出負責與學習的態度。

故事從三個少年（三劍客：博士、布都、阿堂）身上寫起，他們在宜蘭縣南澳鄉澳花橋下納涼，碰上一頭汗水、臉色青白的阿匠哥，小腿鮮血淋漓地跑來求救。阿匠為何如此狼狽？他說他在澳花溪谷遇到「野人」，這個事件就這樣驚動了整個澳花村。故事就以獵取野人為主軸，說出由大濁水溪分岔出來北溪、中溪、南溪之間族群的矛盾與對立，野人事件擴大成了電視新聞記者的採訪爭霸戰，卻也成就了這三個地域之間的合作。

三劍客都是少年，國小畢業要升國中了。管博士是眷村的人，他爸爸是士官長退休下來的；布都是泰雅人，名字的意思可能是勇敢、吉祥，皮膚黝黑，體格很壯。他的姑婆歐米果臉上刺青，口中永遠嚼著檳榔，喜歡喝酒，家中種著香菇；我，阿堂，從他阿公時代就從福建漳州來到南澳經商，家中賣鹽、賣布，有如流動貨鋪。這三劍客小時候就玩在一起，有六年以上的交情，無聊的時候吵吵架過日子，有事情的時候就彼此「相換工」通力合作，搬西瓜這件工作讓他們在一起，勾起了野人事件的故事。

要跟少年讀者朋友說明「村民大會」。民國八十年代以前的村民會議，一切按照「民權初步」實施，先發出通知大會舉行的時間、地點，家裡的大人必須來參加，算是盡了公民的義務。大會開始時，還要唱國歌，向國父遺像行三鞠躬禮，然後再由村長或鄉公所人員開場白，說明為什麼要召開村民大會，目的就是要解決村中大事，請大家提供意見。

李潼撰寫《博士、布都與我》的年代正是村民大會盛行的時候，說起村民大會，其中有趣和讓人想不到的情節才多呢。就以書中所寫來講，首先發言的是年紀小小的阿堂弟弟，說：「我要替阿匠哥報仇……我們最早知道野人出現的事，我們早就準備好，不怕！」早期的村民大會就是這樣地大人、小孩各說各話！大會結束後，三個臺地居民彼此敵視，採取斷水、封橋、無處作主日彌撒等方法來「整」對方，於是李潼安排了關克琳神父的出現，神父秉持「上帝的愛無分彼此」，他知道大濁水溪上三個臺地的民眾不團結，於是試圖運用基督的愛與和平的力量，化解其中恩怨。

再談書中的次要角色阿匠，他被稱為羅漢腳。羅漢腳的廣義解釋是「居無定所，無業遊民，入夜後到廟裡觀世音菩薩後殿休息睡覺的人」。觀世音菩薩慈悲為懷，他身邊有十八羅漢，這些無業遊民就在牆角下縮著，位置剛巧在羅漢腳下，因此那些平時無所事事的人就被稱為羅漢腳。小說中的阿匠住在土地公廟旁，他種著香菇、木瓜，也飼養羊，他其實不是羅漢腳。阿匠哥談著他童年往事，說他被看成泰雅人，又被看成外省人，一個不被族群認同的人，十四年的流浪，他看透了澳花村的未來，然而回到家鄉，卻越覺得家鄉的落魄，讓他感觸良多。阿匠哥的角色其實是小說中的要角。

記者的到來，有如蒼蠅般嗅著血腥味，揮之不去，還動用直升機運送採訪記者，對長年住在山裡頭的澳花村民來說，簡直是天大的事，而且有機會上了鏡頭的村民，更是成了發現野人發言人似的；沸騰起來的澳花村再也寧靜不下來。

從地理位置上來講，澳花村位在宜蘭與花蓮縣的交界處，只要過了大濁水溪（和平溪），就是花蓮的秀林鄉和平村。去澳花村最好搭乘北迴鐵路區間車，有一站叫做「漢本」。這個漢本，原來的名字是「半分」（Hanbun），是蘇花公路里程剛好一半之處，泰雅語稱為Blihun，漢語翻做「百來分」，清同治十三年（一八七四年），船政大臣沈葆楨命福建陸路提督羅大春開鑿蘇花古道，其中就有「百來分」的地名。後來宜蘭、花蓮之間鐵路貫通時，就以「漢本」為站名，它是一個小站，旅客不多。書中說：是一個安靜得「無聊、落伍」的地方，但這澳花村終因野人事件而成為臺灣最知名的村落。

《博士、布都與我》小說的結尾有點讓人戛然而止的感覺。原來那位「後腦紮一條黑黃的長辮子，身披長毛獸皮，手臂垂在兩膝間，收下巴，怯怯望著包圍的人群」、手臂上有一大塊黑色胎記的「野人」巴吉魯，竟然是歐米果失蹤三十多年的弟弟。巴吉魯是在二十六歲那年，在大濁水溪口擅自與同伴開走一艘偷來的最新式機動舢舨，遭遇颱風而失事，他怕族人追逐，躲入南澳大山而成為野人。三劍客仍然稱呼巴吉魯為「伊牙累」，因為野人事件讓他們長大成人。管博士的父親說：「人是長高了，不知心長大了沒？要是想法、做事不牢靠，年紀再大，人再高，還是奶娃兒一個。」這是大人的觀點，孩子們有他們的想法與作為，整篇故事就是圍繞著這個中心旋繞著。

在此要說明白的，澳花村並沒有中溪，當然也沒有野人，但這是小說，小說有無限的想像，就跟《哈利波特》系列小說一樣，這本小說不是鄉土史，也不是地理。這本書要表達的兩個重點是：族群互相尊重與團結合作。推廣讀書閱讀的專家學者說，想要養成讀書習慣必須在十五歲以前，十五歲以前閱讀的書籍內容會影響一個人日後的成長。我想這本《博士、布都與我》非常適合成長中的少年一讀再讀！

作者手稿

1.

博士、布都和我，躲在澳花橋下納涼。從南澳山谷吹來的涼風，穿過圓拱型橋墩，總是呼呼作響。我們斜躺著大石頭，雙腳浸在溪水裡，把西瓜挖個洞，灑些鹽末進去，三個西瓜排在一起，讓溪水給冰涼；再等十五分鐘，就有西瓜汁可以喝了。

這一趟卡車到和平車站卸貨，再回來，一定過了中午。我爸爸的卡車司機餓壞肚子，心急開快車把西瓜碰撞得稀巴爛，李先親自押車跟了去。小弟被我派回家提點心，這一去，好像不知道要「快去快回」，也許他先在家裡吃飽了再動身。還是半路上把一鍋子鹹稀飯打翻了，他冒冒失失地，難說不出這種事。

博士、布都和我輪流爬到橋頭瞭望，看一次，肚皮裡咕嚕嚕叫一回。喝西瓜汁只能解渴，治不了肚子餓的，老實說，我們覺得有些冒失了。

河床上的西瓜田，蒸騰著一縷縷熱氣，遠方那座橫跨過大濁水的新和平大橋，被透明的熱氣扭曲像一根油條，上下地浮動。正慢吞吞開上橋的卡車，大概就是滿載著我家西瓜的那部吧。

我家的西瓜，今年大豐收，最小的也有十幾斤，長了一千多顆，我爸爸還捨不得請工人來採收。他說：「留你兩兄弟在家裡作亂嗎？不行！我們一家四口人加上司機，

1 澳花溪谷的神祕蹤影

博士、布都和我，躲在澳花橋下納涼。

從南澳山谷吹來的涼風，穿過圓拱形橋墩，總是呼呼作響。我們斜靠著大石頭，雙腳浸在溪水裡，把西瓜挖個洞，撒些鹽末進去；三個西瓜排在一起，讓溪水給冰涼，再等一刻鐘，就有冰冰涼涼、原汁原味的西瓜汁可以喝了。

剛才那一趟卡車到和平車站卸貨，轉回來，一定過了中午。我爸怕卡車司機餓著肚子，心急，開快車把西瓜碰撞得稀巴爛，索性親自押車跟了去。小弟被我派回家提點心，這一去，好像徹底忘了我們交代的「快去快回」，也許他少爺在家裡吃飽了再動身，還是半路上把一鍋鹹稀飯打翻了？像他那種年紀的人，總是冒冒失失的，難說不出這種事！

博士、布都和我輪番爬到橋頭瞭望，看一次，肚皮咕嚕嚕叫一回。你知道，喝西瓜汁只能解渴，治不了肚子餓的，老實說，我們等得有些冒火了。

河床上的西瓜田，蒸騰一縷縷熱氣，遠方那座橫跨過大濁水的新和平大橋，被透明的熱氣扭曲得像一根油條，前後扭曲、上下浮動，怪得不得了。這時，正慢吞吞開上橋的卡車，大概就是滿載我家西瓜的那部吧？

我家的西瓜，今年大豐收，最小的也有十幾斤，長了一千多個，我爸的計算機掛在脖子下，捨不得請工人來採收。他說：「留你們兩兄弟在家裡作亂嗎？不行！我們一家四口加上司機，人手夠了，採一個算一個，慢慢來，多採兩天沒關係，何必花那種冤枉錢？」

冤枉？小弟才多大，他哪抱得動西瓜？他那種九歲的人，怎麼做得了這種大場面的工作？他還沒有這種功力啦，抱躲避球玩玩還差不多。爸爸偏不相信，看吧，昨天早上，他一連砸破了三個特級的大西瓜，氣得我爸臉色發青，把他趕回家，改換做「運輸補給」，就是那種提茶水、端碗筷、幫我媽抬鹹粥到溪床，這些零星的工作。

我媽有點心要煮，家裡的雜貨店要有人招呼，她是走不開的。剩下爸、司機還有我，昨天早上，實在把我累慘了，西瓜越抱越重，兩隻胳臂好像要脫臼一樣，這還不說，我和爸、司機都談不來，只好一個人埋頭苦幹，累得像搬石頭砌金字塔的埃及苦力。

坦白說，不是我跟他們談不來，是他們不當真聽我的話，他們大人總是說：「小孩子不懂事，多聽少說話。」這就碰壁了，怎麼談得來？

天啊，誰是小孩子？

這一次，幸好博士和布都趕來幫忙，要不然，我還要多辛苦好幾天，疑似脫臼的手臂，恐怕真要作廢了。

你知道我們學校的「三劍客」是誰嗎？沒錯，就是博士、布都和我。我們今年暑假畢業後，我想，一定有很多人會懷念我們，說不定，澳花國小又有另一組「三劍客」冒出來；但是，我要鄭重地告訴你，博士、布都和我才是「正字標記」的三把寶劍。

採收西瓜的事，我沒有告訴他們。博士和布都昨天中午打聽到消息，自己就跑來，而且自備斗笠、鐮刀和手套，還有一壺開水。（大概是我小弟告訴若瑟，若瑟跟他哥哥布都講的，我猜想。）

我們「三劍客」的友情，就是這樣，永遠禁得起考驗——布都家採香菇、博士家砌圍牆，都不必誰向誰要求，只要聽到消息，自己就跑去；而且，除了當主人的，誰也不叫苦。

我們從小住在澳花村，一起長大的，六年都同班又坐在同一排，交情太深了，沒辦法。

不認識博士的人，以為那是他的綽號，傻傻地偷笑。那就錯了，就真傻了，這是他真正的本名，他爸想了好久才為他取的。他姓管，名博士，全名是管博士。

他真的很有學問，而且不是懂一點，是懂得很多很深，不是書呆子或胡思亂想那一型的，他真要去管理博士，我想也可以。我覺得他爸管士官長，幫他取這個名字，取得很有學問。

布都是泰雅族人。我們三劍客他的體格最棒，肚皮上有六塊肌，他的皮膚最黑，唱歌也好聽，是我們班上的紅牌歌星。「布都」是什麼意思？他自己也說不上來，我們怎麼知道？他說，反正是很勇敢、很吉祥之類的意思。

聽我爸說，我阿公從福建的漳州到臺灣來，一直就在南澳山兩邊的金洋村、武塔村和澳花村賣布、賣鹽，好像山裡的流動雜貨鋪。後來，我阿公終於在澳花村定居，這麼算來，我家的雜貨店也是「正字標記」的百年老店了。

我們三劍客有一個特點，太閒、太無聊的時候，沒談兩句就吵架，更怪的是，我們怎麼吵也吵不散。倒是有不長眼的人要侵略我們，或是我們有些事看不慣去處理時，反而團結得不得了，「三根筷子折不斷」，這是博士說的。

就像現在，橋下的風呼呼吹著，涼爽是夠涼爽，卻也無聊，我的肚子咕嚕嚕一叫，好像會傳染，博士和布都的肚皮也跟著叫起來。我們東拉一句、西扯一句地談天，其實也忘不掉肚子餓。餓肚皮哪有這麼簡單忘記的？要不，絕食抗議的人也就不會那麼偉大了。

「西瓜真是一種很奇怪的東西，」布都揉著胳臂說。我知道他又要考博士難題了，每次他都以什麼什麼東西很奇怪做開頭的，他說：「西瓜長在這種乾乾的沙地，偏又這麼多汁；水芋和茭白筍泡在水裡，怎又瘦乾乾的。博士，你說為什麼？」

博士打哈欠，閉著眼睛想了想：「補充營養前，不要動太多腦筋，你可以去找書看。」

「找書看！還用問你？我看你不是真博士，這個也不知。告訴你，沙地的水都被西瓜吸光了，才乾乾的，我說得對不對？」布都大笑，把肚皮撩開，露出那六塊凹下去的肌肉，回頭問我：「你小弟怎麼還沒來，會不會半路打翻了？像砸西瓜一樣『碰』，一鍋鹹粥完蛋，給小狗吃光了。」

「大概不會啦！」

我心裡不也正在擔憂嗎？小弟吃飯摔破碗；走路沒人碰他也會突然翻個筋斗，耍特技一樣，實在很不保險。嘖！他們小孩子做事就是這樣，有什麼辦法？

我們把西瓜捧起來，仰頭喝著，才喝了兩大口；布都停下，他聽見小弟的腳步聲，也不把嘴角的西瓜汁抹掉，丟下西瓜就爬上橋去，叫說：「救兵來了！」

上橋一看，來人竟不是小弟，是歐米果，布都的姑婆。她的額頭掛著吊帶，背後的籐籃裝著滿滿的生香菇。布都和她用泰雅族話交談，歐米果口嚼檳榔，兩頰的刺青和皺紋擠在一起，她的眼珠子瞟著「不相信」。布都說得又快又急，比手畫腳指著博士和我，歐米果看了又看，才叭噠叭噠走向我們村子去。

「她說我偷採人家的西瓜吃，冤枉呀！」布都很生氣，博士和我都笑了。布都說：「歐米果還問我，真是你家採西瓜，怎麼沒叫她來幫忙？」

歐米果住在布都家隔壁，一個人種香菇，一個人喝酒，誰有事，她都想去幫忙。我聽布都說過，歐米果本來是有丈夫和四個小孩的，她丈夫在日本統治臺灣的時代被派去南洋打仗，沒回來；兩個女兒嫁走了，不知道嫁到哪裡去；她的大兒子和布都他爸爸同名，也叫哈用，在金門當兵死掉了；小兒子去臺北就失蹤了。我們替她想起來都覺得很可憐；但歐米果好像從來不傷心，布都說她常常提起這些事，卻好像講著別人的故事一樣。

回到橋下，我們繼續喝著可怕的西瓜汁，耳朵豎得尖尖的，聽橋上動靜。小弟，你難道存心要整我們？讓堂堂三劍客很難看地餓暈過去！

「這座橋，應該改個名字。」博士說道。

這時候，還說這些幹嘛，真是無聊得可以。偏偏布都還真的搭腔呢：「對，改名叫北溪橋。」他看看我，又說：「要不應該用阿堂他爸爸的名字。」

名叫北溪橋，有幾分意思，拿我爸的名字做橋名，那不嫌肉麻了？

我們澳花村被北溪、中溪和南溪分成三塊臺地，三條溪匯合成的就是大濁水溪。跨過北溪這座澳花橋，是我們澳花村對外最重要的一條橋。我讀小學一年級時，老橋給洪水沖垮，走了一年便橋，時通時斷，遇到北溪滿漲，全村的人都別想外出。我爸一發狠，捐了鋼筋和水泥，全村的人出力、挑沙、打樁，把澳花橋建造起來。雖然我爸出錢，但大家出力，用自己的名字當橋名，恐怕太自大了吧？

「不！這座橋應該改名叫『落帽橋』，」博士那兩撇掃把眉下的瞇瞇眼，很詩意地睜著，他說：「誰的帽子沒在這橋吹落過？沒到橋下撿帽子的人，就不算來過澳花村。」

我們這澳花橋的風也實在太大了，從南澳大山吹來的山風、從新和平大橋外的太平洋吹來的海風，一年到頭吹個不停，好像專挑了從澳花橋這邊拂來掠去，向它報到了，才算一回事。

說著，突然就有一頂斗笠從橋上飄下來！

嚇死人，故意安排好的也沒這麼巧吧？

博士、布都和我仔細聽著，橋上果然有腳步聲，咚咚咚半跑半走地踩過來。

「這回該是你小弟了，點心來囉——」

「趕快，我們去保護他，保護我們的鹹粥。」

博士、布都和我放下西瓜，拔腿爬上橋去。

過來的人，又不是我小弟！

我們看見阿匠哥慌張跑來，半身趴在欄杆喘氣，他的臉色青白，一頭汗水，完全走了樣。撞見我們三人，大叫一聲：「哇！」把我們都嚇退了一大步，擠擠靠靠又從斜坡滾下來，夾成一塊三明治。

阿匠哥看清了我們，好久，才舒一大口氣，他睜得比牛眼還大的一對眼珠子，連眨了三下，又一屁股坐在斜坡上。他這樣子就像被野豬頂著屁股，追過一座山，嚇破膽似的。

「阿匠哥，你怎麼了？」

我們從來沒見過阿匠哥累成這種模樣，跑馬拉松抵達終點也不會有這麼難看的臉色吧？他真的很累，而且，好像受了什麼驚嚇。布都和我趕緊躡過去扶他。

「阿匠哥，發生什麼事？你要不要喝一點西瓜汁？橋下有。阿匠哥，你沒事吧？」

他全身濕透了，身體軟綿綿地像一根泡水竹筍，還是博士的反應快，說：「大概中暑，趕快急救。」

阿匠哥沒理我們，他還有力氣捧起這麼大的一個西瓜，仰頭咕嚕嚕灌了一大口。布都拿了他的斗笠搧風；博士把繫在脖子的毛巾解下來，沾了溪水，讓他擦汗。阿匠哥說：「是這樣，休息一下就好了。是這樣，我在瀑布的後山看見，看見一個野人。」

「你看見什麼？阿匠哥。」

「看見一個野人。」

「野什麼？什麼叫野人？」

布都停止搧風；博士把毛巾收回，我們張嘴吸氣，退縮到一邊：

「怎麼會有這種事？」

阿匠哥仰起臉孔，愛笑不笑的，定定看著我們（怎麼有這種詭異的表情）；博士的掃把眉豎成八字眉，手指扭著毛巾，毛巾拂了我一下，我全身都起雞皮疙瘩。

阿匠哥要我們欣賞他的腳。

他的黃雨鞋筒被射穿過一個洞孔，他脫下鞋子，小腿褲管上赫然一灘血跡，阿匠哥的小腿受傷了。

「他射中我一箭，」阿匠哥說：「今天一大早，我去看我的菇寮……」

「怎麼樣？是真的？我們幫你止血，我們懂！」

「止過了，」他說：「離菇寮還有十幾公尺，我聽見有腳步聲，發覺有個黑影在不遠的一棵大樹後面。我叫了幾聲，又向前走，我確定有東西在樹後躲著，以為有人來偷摘我的香菇。我撿起一根枯枝，丟過去！野人就跑出來了。」

「啊？怎麼會這樣？」

我倒吸一口氣，博士和布都原閃到一旁，又擠過來，我感覺橋下的涼風，吹得人很不舒服，就像要人感冒的那種風。

「那時，我還沒有看清楚，他的動作很快很快，我只看見一個黑影跳進樹林裡，一眨眼就不見了。我越想越奇怪，又轉回菇寮找了一根棍子，隨後追去。本來，我想把他嚇走就算了，我發現他踩在落葉上的腳印特別大，那時我還認為他是個偷菇人；但他在這個我最熟悉的樹林，竟然有這種身手，我非要看個仔細不可。那些足跡忽隱忽現，我追了半個山壁，還是讓他跑了！覺得奇怪，剛要回頭，忽然看見谷底溪石上，坐了一個人，他背上長滿像山熊那樣的黑毛，低頭在喝水。

在我們南澳山二十幾年，我從來沒見過這種奇怪的事，我沿著山壁繞過去，想繞到他前面的那塊陡坡……」

「阿匠哥，你膽子太大了。」

「我很害怕，走不好，跌倒了幾次，差一點跟一塊石頭摔落谷底。等我繞到陡坡，那個野人就不見了。」

「你怎麼會被他射了一箭？」

阿匠哥仰頭灌一大口西瓜汁，抹抹嘴角，又說：「野人不見了，我還是走下谷底，到他坐過的那塊石頭看一看。」

「阿匠哥，你只有一個人，應該趕快回來。」博士說。

「我不服氣，這山路我很清楚，以前也見過山豬、黑熊，我有辦法對付他，」阿匠哥說：「石頭上留了一灘像西瓜汁的血水，還有幾滴黃色的膿液，野人好像受傷了。我想，不管他是什麼怪獸，受了傷一定沒什麼威力，所以，我又追過去。」

「阿匠哥，」博士說：「受傷的野獸最兇猛，你應該趕快回來。」

「也對，但我實在太想知道他到底是什麼？能在山谷山頂神出鬼沒，而且還是受傷的，」阿匠哥說：「我聽見鳥叫的聲音，有一群鳥從澳花溪上游的山彎飛出來，牠們是被野人驚動的。我沿溪跳過去，一直跳、一直跑，來到一處靜水灘，看見溪兩岸全是蛇木，繞過了三個水灣，正在想，回頭算了，背後卻有人大叫一聲：『伊牙累』！」

「『伊牙累』是不要動的意思。」布都說。

「我和那個野人對面距離十公尺，他站在一座不高的岩石上，拉緊弓箭，對我瞄準。」

「阿匠哥，你真的看見野人？」

「他拉弓的手掌把臉遮住了，他的頭髮紮成一束，滿臉鬍鬚，身上披一件黑熊皮，腰身繫一條細藤。我們就這樣對站了好久好久，我嚇呆了！」

「後來怎麼了？你怎麼還能看這麼清楚？」

「我回過神，在水灘裡慢慢退，我想跑，把手上那根木棍向他扔去。跑！小腿刺痛，我被他射中了一箭。」

「野人有沒有追你？」

「我不知，我死命地跑，一直跑回我的菇寮，」阿匠哥把褲管撩起來，解開綁傷口的布條，紅赤赤的腿肉，掀翻開；我只敢瞇眼看，肚子裡的西瓜汁真要吐出來。

「我在菇寮把箭拔掉，跑回來。」阿匠哥呼一口大氣。

博士、布都和我靠在一起，呆呆地看著，布都的手指冰涼涼地碰著我，嚇得我的手一下子彈起來。我的腦子裡亂哄哄，有一種像蟬叫的吱吱聲，很難受，我不太相信有野人在我們南澳山裡，看阿匠哥洗淨了沾滿血跡的布條，重新綁緊那個箭傷，又不敢不相信。博士、布都和我都說不出話來。

「真的有野人？阿匠哥。點心來了，吃完點心聽故事。」

小弟就在我們後面，他歪歪斜斜提著一鍋鹹粥，鹹粥湯都倒乾了。我們不知道他已經來了多久？

「誰教你跑來這裡！」我罵他。糟糕了，這麼恐怖的事情讓他聽到，他會做惡夢，不敢睡覺的，上廁所要我陪他，糟糕了，他們小孩子怎能聽這種事呀？

不知小弟是不是裝的，他裝得一臉無辜樣，好像一點也不怕，還問：「阿匠哥，這是真的對不對？我以前就想過了，深山裡一定有野人。」

老天，他以為自己很勇敢吧？

「阿匠哥，被野人射一箭，一定要去報仇。你的木棍有沒有打到他？沒有！那他怎麼能射你呢？」

「聽起來，你好像要陪阿匠哥去？」博士問他。

「對呀，你怎麼知道？」

你聽聽看，他說得多當真。他知道自己有幾斤重？他以為自己是小飛俠，有一身武功！我怎會有這麼丟臉的弟弟？

「我陪阿匠哥，你們三個陪我，加起來就有五個人。」

博士、布都和我都叫起來，好像胸口被射中一箭，眼珠子差一點要跳出來。小弟真的很鎮定，連人數都沒算錯。

「不過，應該先等阿匠哥的箭傷治好了，我們再出發比較好。我先去找衛生所的陳醫師，還有護士，請他們趕快把阿匠哥的傷治好。」

說著，小弟就要上橋去。我一把拉住他，罵他：「你急什麼？」

小弟看我一眼，說道：「你們三個最沒用，只會聽故事。阿匠哥死掉怎麼辦？」

小弟說得也對，阿匠哥的箭傷要是發炎，嚴重起來真會死掉，要不也得鋸腿。他雖健壯，但是單身漢一個，誰能天天照顧他？要是他的腿斷了怎麼辦？

「好吧，你趕快去。」我不放心他，又跟布都講：「拜託你陪我小弟，把陳醫師找來好嗎？」

2 護士小姐的特別作業

西瓜卡車從蘇花公路那邊又回來了，車後帶著捲起的灰塵，坐在司機旁的我爸探出車窗，向我們招手，叫著：「來喔——開工，再搬一車，今天就可以休息了。」

博士照顧阿匠哥，我大步跑向西瓜田。河床沙地跑起來，令人顛顛倒倒，我跑得氣喘，越跑越急，好像野人就在後面追我。

爸爸和司機剛下車，我衝到他們面前，用力吞口水，喘得說不上話。

「你那兩個同學呢？跑回家了？」爸爸雙手插腰，說道：「我就知道，小孩子做事有頭無尾，蜻蜓點水一樣，沾一下就飛了。」

「爸爸……」我說：「阿匠哥被野人射了一箭，現在，現在躺在橋下休息。」

「他不去採香菇，還敢躺在橋下納涼，這麼爽快？」

急死我了！我爸還聽不懂。

「阿匠哥到山裡採香菇，看見一個野人，野人全身長了黑毛，鬍子這麼長。」我比著肚臍，說：「不是長滿黑毛，是穿了熊毛衣，不是熊毛衣，是熊皮做的衣服。」

「你在講什麼？」

「我們南澳山裡住了一個野人。我，我不知道一個還是兩個，阿匠哥只看見一個。」

「那個阿匠跟你講的？」

「對！阿匠哥受傷了，我叫小弟和布都去找陳醫師。」

爸爸看看南澳山，看看澳花橋下，又看看我：「這個阿匠吃飽了胡思亂想，編故事嚇你們小孩子，我不去罵罵他，他還不會醒。」

「哪個阿匠？」司機問道。

「住在土地廟旁邊那個羅漢腳，種香菇、種木瓜、放羊，平時還賣力，就是喜歡跟這些小孩黑白講。」

「不會喔，這個阿匠是正派的人，我了解他。他平時喜歡開玩笑，但不會亂說話的。」

「你怎麼也跟他湊一擔？」

爸爸終於開步走，向他出錢有份的澳花橋走去，卡車司機也跟上。休息一陣的阿匠哥，臉色已經恢復正常。博士正要把他的傷腿抬到石頭上，讓他擱著舒服些。

爸爸走近，說道：「你這隻腳，有什麼好展覽？我家阿堂說你看見什麼野人了？」

「是啦，今天早上。」

「飯可以多吃一點，這種話不能亂講，你知道嗎？」

「他還射中我一箭，就是這個。」

爸爸臉上的肌肉鬆下來，又提了上去：「你沒騙我？說給我聽聽看。」

這實在太折磨阿匠哥了，他是個受了重傷、受了特級驚嚇的人，還要他把故事從頭再說一遍？要是我，恐怕早就一頭暈過去了。

我和博士實在不忍心，只好幫他講，阿匠哥嚥口水或喘口氣時，我們兩個就補充說明。

「對啦，那個野人好像練了輕功，一下子就不見了。」我說。

「沒錯，阿匠哥是身體很棒的人，還追不上他。那個谷底離菇寮的小路，最少也有十層樓那麼高。阿匠哥的菇寮我去過，我知道。野人一轉眼就在谷底的大石上喝水，太厲害了。」博士說：「而且，他還是個受傷的野人。」

阿匠哥說一句，我和博士補充一段，到後來，竟成了我和博士唱雙簧，一直說到阿匠哥拖著身子，臉色青筍筍地來到我們休息的「落帽橋」。

我爸和司機聽得眼皮直跳，司機嘴裡含著檳榔，半天都忘了嚼動。我爸揉搓雙手，說道：「這種事情聽也沒聽過，不會是阿匠看走眼，把黑熊看成野人？」

「不會，黑熊怎麼會說『伊牙累』，不要動？」

「沒讓我親眼看見，我是不相信的，」我爸說道：「事情還沒有確定以前，大家不要講出去，要是風聲走漏，全村的大人小孩都會嚇破膽，日子怎麼過？」

「爸，阿匠哥說得都是事實。不一定要親眼看見，爸爸也沒親眼看過孔子，怎麼也相信有這個人？」

爸爸拉耳根，好像還是沒聽懂，他想了想，又說：「你小弟和布都也知道這件事了？叫他們不准傳出去，我要先調查詳細。」

這時，布都和小弟回來了。小弟看見爸，一蹦三跳，大叫：「爸，有野人哪！」

「你給我特別小心，不准跟同學胡亂講，知道嗎？」

「為什麼呢？」

「還不知事情是真是假，多說了有害無益，知道嗎？」

布都告訴我們：「陳醫師到臺北開會，明天才會回來，我們只找到莊護士，她說，叫我們把阿匠哥先抬回家去，作業比較方便，她會先整理醫藥箱，馬上過去。」

「護士小姐說作業，好奇怪。我叫她快一點，她跟我說ＯＫ！」

小弟又安慰阿匠哥：「我看護士小姐很有信心，阿匠哥你不用擔心，不會死的。」

我根本笑不出來，也沒精神罵他。

我們抬起阿匠哥，小弟還想幫忙，我當然不准。要讓他抬腿、抬手，都不保險，阿匠哥禁不起再一摔，像砸西瓜一樣「碰！」一下，還得了？

「現在好多了，我自己走。」阿匠哥不肯讓我們攙扶，不知他是客氣，還是看那斜坡太陡，不信任我們。其實，要把他平安送上橋，我也真沒把握。

爸爸交代卡車司機提早收工，明早六點起工，來回加載四趟，大概可以圓滿完工，我聽得舒一口氣。

博士、布都和我保護阿匠哥回家。他瘸著左腿，說：「休息了一陣，反倒覺得痛。我想，只要熬過今晚，沒發炎，這點皮肉傷，大概不要緊。」

小弟高舉著阿匠哥的斗笠，在我們前面跑跑跳跳，那樣子，活脫是神明出巡領在前面的「報馬仔」——專門通風報信的。

「小弟，阿匠哥講的這件事，你不能到處去『報馬仔』，記得嗎？」

「知道。」

小弟回答得很輕鬆，輕鬆得讓人越不放心。

「記得嗎？」

「你不要比我先洩漏祕密就好了。」

他跟我扮鬼臉、頂嘴，我懶得理他。其實，我自己也不敢保證這個祕密能守多久，誰敢擔保話說多了不會鬆口？我問布都：「你會保密吧？」

「我最討厭有人跟我說：『我跟你講一個祕密，你不能跟別人說。』好累呀！」布都說。

我又問博士，他說：「我會盡量把今天聽到的忘記，不知能不能做到。」

我們陪軟綿綿的阿匠哥回到家，我們澳花衛生所的護士，就是在村子裡到處講怎麼避孕、兩個孩子恰恰好的莊小姐，已經提了醫藥箱在門口等著。

她送給阿匠哥一個很慈祥的笑容，又對我們說：「各位小朋友，我一個人來處理就夠了，你們在旁邊打轉，我不能專心作業。」

「我們不會打轉。」博士說。

「乖，要聽話，嗯？」她的笑容讓我們無法再堅持下去，只得乖乖地走開。我心裡很生氣，但是沒說出來。

小弟真多事，還叮嚀她：「你要好好作業哦！」

3 誰說城市就沒有野人

吃晚飯時，媽媽一直問我們：「你們父子三個怎麼了，採西瓜也會傷喉嚨，怎麼連一句話都沒有？」

我和小弟專心吃飯。爸爸在晚餐前又特別交代：「不可以跟你媽說，她會怕得不敢到後院餵雞。」唯一的方法，只有不說話。

「是不是太累了？今晚早點休息，明天才有氣力抱西瓜。」媽摸摸小弟的頭，又來摸我；但是讓我閃開了，媽覺得很奇怪，問我：「頭也痛了？缺少磨練。」

我草草吃過晚飯，走到門外，才想起來：阿匠哥受傷，能起來燒飯嗎？他一定還沒吃飯。受傷又挨餓，身體怎麼復元？

趁媽到後院餵雞，我趕緊盛滿一碗飯菜，小弟看見，正要開口，被我「噓」一聲，不錯，他還夠精，好像明白我盛飯給誰，他縮著脖子點頭，把話嚥回去。

坐在大廳抽菸的爸也看見了，他起身看清楚，手比阿匠哥的家，我點頭。我們的默劇表演，全靠動作和默契，就一切了然。

「你想得滿周到，不錯，快去快回。」爸悄悄開口了。聽他說這句話，我很高興。

阿匠哥的家點著小燈，門關著，沒鎖。

阿匠哥的客廳也是他的臥房，他就躺在那張同時也是椅子的床上，睡著了。

我看他睡得香沉，沒敢叫醒他。他那張工作臺兼餐桌的高腳箱子，擺了一鍋稀飯，還有幾碟肉鬆、醬瓜和荷包蛋的剩菜，碗裡還有餘溫，阿匠哥好像已經吃過了。

門外有動靜。先是博士跨進來，他手捧一碗飯菜，躲躲藏藏地塞在胸前夾克裡。哇，大熱天穿夾克！

緊跟著進來的是布都。沒下雨，他偏偏打了雨傘，傘一收，也端出一碗飯菜。

「是你們三位？天黑了還來。」阿匠哥忽然醒來。

「來看莊小姐有沒有把你處理好。我們送飯來。」

阿匠哥說：「我吃過了，莊小姐幫我準備的，她人真好。」

博士、布都和我，傻乎乎地直笑。

「阿匠哥，你的傷口怎麼樣？」

「莊小姐的手藝很好，我是說她的護理技術很好。洗了傷口，給我吃過消炎藥，應該沒什麼要緊了。」阿匠哥說：「她要我好好睡一覺，晚一點還會過來看，說是要削一顆水梨讓我解渴。」

「超級『南丁格爾』！我以為她只會講家庭計畫咧。」布都說：「她要你『乖乖睡』對不對？好吧，我們走了。」

博士、布都和我輕輕把門帶上。我們來到土地廟，在石椅坐下，三個人都做起了按摩運動：揉胳臂、搥小腿、轉動脖子，「咳咳咳」

地清喉嚨，好像有什麼東西卡在喉頭。

真的，我很想談一談野人的事，但是，博士和布都不先開口，我當然不能說的，先說，未免太沉不住氣。

博士和布都不斷清喉嚨，一看就是很難過的樣子，我不管他們。

土地廟點著兩盞蓮花苞的紅燈，柔柔的紅光讓人覺得溫馨而安詳。廟後那口湧泉，終年不斷湧出地面，潑啦啦一道瀑布落到大濁水溪。晚風溯溪拂上來，帶著水氣，吹一陣，停一陣，很舒服的。

夏天的夜晚，我們澳花村人看完電視連續劇，喜歡抓把小凳子到馬路中央聊天。每個人搖扇趕蚊子，也會搧到像輕紗一樣罩下來的山霧。

「澳花夜談」的零食和點心吃不完的，而且天天換花樣：落花生、木瓜、山豬肉或蛇湯，不管誰送來，都是大家分享。不知別地的夜晚是什麼樣，安靜得連一部車子也沒有嗎？天天有山霧來，天天有分享的點心吃嗎？

不只夜晚，澳花村的白天也夠安靜了。只有在北臺地的大拜拜、中臺地的豐年祭、耶誕節或是布都他爸獵到野豬、誰家的床上發現大蟒蛇，才會熱鬧一下。我們澳花村安靜得有些無聊，也可以說無聊得有些落伍了。

我爸常說，從前的澳花村不像現在這麼沒名氣、這麼落後。十幾年前，舊和平大橋還沒被洪水沖斷時，我們澳花村是蘇花公路的中途休息站，每天中午，從蘇澳或花蓮開來的金馬號班車，在我們村子休息，一停就是十幾部車。幾百個旅客，把土地廟前的這條路，擠得看不到路面；旅客們買包穀、買成串的溪蝦、喝魚丸湯、買各種土產，生意好得忙不過來。這我相信，不過，那是從前呀，提那些有什麼用？反正，現在的澳花村安靜得沒幾個人知道了。

有一次，我和博士陪布都到他爸的香菇寮，從山頭往下看，博士說：「澳花村在幾百萬年前是一塊完整的臺地，後來，被北、中、南三條溪剖開才變成三塊的。」博士說得很當真，我提不出理由反駁他，總覺得他說得太玄，幾百萬年前的事，他怎麼清楚？

我家住在北高地，有一座土地廟，三十幾戶人家都是閩南人，當初不知怎麼約好似地聚在一起。

布都家在中高地，中溪在他家屋邊繞了一個大彎，變成我們澳花村的水源地，大家都喝那裡的水。他們四十幾戶全是泰雅族平地原住民；布都他爸，本來是有名的獵人。

博士的家在南高地那邊的眷村，他爸爸是個大嗓門的海防隊士官長。我們澳花的村辦公室、派出所都在那裡。他們有一座天主教堂，南高地的二十幾戶，全是中國大陸來的人，有人當警察、老師、還有退伍老兵，說各種腔調的國語。

澳花村有山有水，物產豐富，「人種」很多，不知道還有什麼地方比我們澳花村更美麗、更奇怪了？

阿匠哥睡著了，鼾聲的尾音像汽笛，傳到土地廟來。布都吹口哨學他，我和博士都笑起來。我說：「護士小姐的風度和心地都不錯，可是太喜歡擺老大姊，我不太喜歡她。」

「怎麼會呢？她很慈祥。」布都說。

「老太婆才慈祥，」我說：「她怎麼可以對我們說：『乖要聽話』？我們是她的大朋友呀。」

「大人都是這樣，好像我們永遠都長不大。」博士嘆氣說道：「上個月我十三歲生日的時候，我告訴我爸，我跟他一樣高了。」

「他怎麼說？」

「他說：『人是長高了，不知心長大沒有？要是想法、做事不牢靠，年紀再大，人再高，還是奶娃兒一個。』」

「你爸爸跑過大江南北，還講這種話？」我當然很驚訝，博士的思想，在我們班上是最成熟的呀！

「我爸也是這樣，罵小弟『小孩子不懂事』，對我也這樣講！」

「我爸不會，」布都說：「他希望我再過幾年就結婚，他要當祖父。」

「結婚？」我和博士停止按摩，大叫起來。

「對。」布都還問：「你們被蛇咬了？叫這麼大聲，不要把阿匠哥吵醒。」

我和博士不敢放聲笑地笑了一陣，博士恢復正常後，「咳」一聲清喉嚨，說道：「吃晚飯以前，我翻書找到了一段有關野人的資料，你們要不要聽？兩百年來，不斷有人在喜瑪拉雅山區發現野人，大家叫他『耶替』，他身上長滿黑色長毛，沒有尾巴，直立行走；有位挪威籍的採鈾礦專家在錫金國的齊木峽谷被野人抓傷肩膀；一九七三年六月廿五日在美國華盛頓州的雅基瑪，有一對情侶還被野人嚇得不敢開車。」

「這麼多地方出產野人？」

「我們南澳山的野人最奇怪。」博士說。

「為什麼？不要嚇人了。」

「我們應該注意重點，野人講了一句『伊牙累』，他會說泰雅族的話。我看資料，沒有一個野人會說人話的。」

「對，我怎麼沒想到，野人會說我們泰雅族語？」布都說：「他是哪一種的野人？」

我越想越奇怪：這野人既然會說人話，怎麼還叫野人呢？既不是野人，我們何必這麼害怕。阿匠哥說谷底的大石上有血水，淌得到處都是，野人的傷勢一定不輕。他會不會是泰雅族人？會不會是阿匠哥聽錯了什麼？要真是受傷的泰雅族人，我們應該去救他才對呀！他為什麼兇狠地射阿匠哥一箭？他為什麼打扮得像原始人？就算他是真野人，我們這樣隱瞞事實，要是有人迷迷糊糊到山裡去，那不更危險？要是野人跑下山來，那不就糟了？還有，什麼樣的人，才叫野人？野人一定住在深山？城市裡難道就沒有野人？野人就該被獵捕、被追殺？我越想越不安穩！

「你告訴別人了嗎？」我問布都。

「很想說，不敢說。」

「我在翻書的時候，沒聽見有人叫我吃飯，我爸到我房間，發現我在找野人資料，問我為什麼看得這麼入迷。好危險，我差一點說出來。」

博士說：「我問他：『世界上真的有野人？』我爸罵我：『吃飯前不要胡思亂想。』我還沒說出來。」

一家家燈火陸續熄滅，時候不早了，明天還有四卡車西瓜要抱，不早睡養精神，明天砸破西瓜，自討挨罵。我起身，說道：「該回家了，明天，你們還來幫忙嗎？」

「六點半。我會準時報到。」

博士、布都和我走出土地廟，各自回家。希望他們和我一樣，今晚別作惡夢才好。

4 祕密是一隻八腳飛毛怪

第一趟卡車的西瓜，我們抱得很有勁，半小時就將它們裝滿送走了。

清早的陽光明亮卻不炙熱，博士、布都和我在接近「落帽橋」的溪石上曬太陽，等卡車回頭。山風和昨天一樣，從南澳大山的山谷吹過來，似乎還有水氣。

我看自己扭曲的影子在溪水上浮動，想起野人，為他擔心又有些害怕。再一想，這溪水會不會野人洗過臉了？我趕緊將兩腳抽回來，動作太快，布都嚇一跳：「螃蟹咬你？」

我把想法從實招來，博士笑道：「你的想像力比我還豐富，這是北溪，阿匠哥發現的野人在澳花溪，又不是同一條。像我們這種人，都怕成這樣子，其他人還得了？」

「有人害怕，只是不敢講出來，說起來比我還膽小。」

博士、布都和我很嚴肅地討論了「膽大和膽小」的問題，氣氛正熱烈，我看見媽大駕光臨，身後還跟著我小弟，他們兩人都空手，不像是送點心來。媽離我們還有二十公尺，就開口了：「阿堂，你們三個注意聽：不准亂跑，山裡有個野人！」又對布都說：「回去跟你爸講，上山採香菇特別小心。他要是被野人抓去，你就沒爸爸了，知不知嚴重？」

消息這麼快就走漏了？

小弟挨在媽身邊，像個沒事人，神情非常鎮定。我越看越生氣，我就知道，他守不住祕密的！

「小弟，你為什麼洩漏祕密？」

「什麼洩漏祕密？說起來好像你們早就知道了？啊——」我媽說：「好啊！你們兄弟倆學會隱瞞我。你爸是不是也知道了？父子三個結成一黨了。」

「小弟，你為什麼洩漏祕密？」博士也追問洩密者。

「是你媽早上來買雞蛋，好心告訴我的，」媽指著博士，說：「剛才，我們一起到村辦公室借麥克風廣播，提醒大家注意，誰知道那麥克風是擺好看的，也沒聲音。急死人了，平常不保養，急事沒得用。」

博士、布都和我都傻住了。我問博士：「你媽怎麼會知道？是你說的？」

「沒有，我敢發誓！」博士非常著急：「我保證沒說。」

「你們這些孩子不知輕重，還在調查誰誰誰說？」媽媽發火：「你們不知要緊，這種事還敢掩蓋。那個阿匠實在可惡，是他教你們的吧？我跟管太太說好，現在分頭去通報大家知道。你們三個，乖乖在西瓜田，不准亂跑。」

這時，我們都聽見了村辦公室的廣播器傳來博士媽媽的聲音：「各位澳花村的村民請注意，阿匠在南澳山發現野人，野人非常兇殘，阿匠已經被他射傷，躺在家裡。在山裡種植的人要小心，村裡的小孩不要讓他們亂跑，大家請注意。」

她一連播報了三次，似乎有人幫她轉動廣播器，聲音聽來，三次方向都不同。不久，我們都看見三個臺地上，到處有人影跑動，慌慌張張的，好像強烈颱風就要來臨，忙著趕去做防颱措施。

「我媽怎會知道？」博士噘著嘴，問道：「會不會阿匠哥自己洩漏的？」

我心想：阿匠哥可能做這種事嗎？

會不會是我爸自己說的，還是那個平常悶不吭聲的卡車司機？

媽媽和小弟離開，布都也想跟去，他說：「我爸爸到山上採菇，我家若瑟和約拿一定害怕得在哭，我回去帶他們來。」他說著，拔腿就跑。

布都的媽離家出走已經半年多了，若瑟和小弟同班，約拿只有六歲，是個會燒飯，又會看家的勇敢男生，他看大人們這樣驚慌，也會坐在大門邊哭起來？

卡車空隆隆地開了回來，我把剛才的事告訴爸，爸保證他沒有洩漏祕密，他皺著眉頭，沉思片刻，說道：「我猜得沒錯，大家會緊張成這個樣子。」又說：「這樣好了，我們再裝兩趟卡車，其他的分送給村子，一家一個。今天早一點收工，晚上，等所有人回來，到村辦公室開村民大會，討論對策。哎！這樣亂下去，有人要嚇出病來。」

我和博士繼續採西瓜，又不時回看村子的動靜，好幾次險些失手。爸和司機的採收速度越來越快，好像真有颱風警報似的，我和博士只好跟著小跑步，在西瓜田上來來去去，全身被汗水濕透。

不久，布都帶來了若瑟和約拿，後面還跟著一大群人：村長、歐米果、小弟的同學們……博士他爸媽也在人群裡，每個人都持了一把鐮刀。老村長說：「林老闆，大家是來幫忙的，聽說你們的人手不夠，我一招呼，大家就來了。」

看大家結隊來幫我家搶收西瓜，這樣的空前行動，我越發覺得事態嚴重。有這麼嚴重嗎？我真不明白，野人還在深山裡，溪水依然緩緩流動，天空藍得沒一片雲，風吹得這樣好，大家的行動卻都走了樣。

有這麼嚴重嗎？

一卡車西瓜，十分鐘便載滿了，卡車「噗噗噗」開去，車上又多載了幾個隨車的卸貨員，博士他爸也在車上。

我媽和博士的媽忙著切西瓜請小朋友吃，大家人手一片。小弟和若瑟躲在一旁講悄悄話，我怎不知小弟在講什麼？約拿靠在布都懷裡，臉頰上還爬著一條條淚痕，他張口啃西瓜，混著鼻涕，抹成一張大花臉。

布都說：「我回去時，看見阿匠哥的家，擠了好多人，差不多全村的人都在問他野人的事。」

「怎麼樣？」

「人太多，聽不清楚，警察派人送手提廣播器來，要阿匠哥說清楚。那個護士小姐還在旁邊幫阿匠哥講，好像他的特別助理。」

「莊小姐？」

「我懷疑就是她洩密的。大家跟警察走了後，我去審問阿匠哥，不是審問，我是問他，管媽媽怎麼會知道？莊小姐說，是她早上去『家庭訪問』跟管媽媽說的。這件事是昨晚莊小姐替阿匠哥治療，把他逼問出來的。她還說，她一個晚上沒睡好，今天，頭好痛。」

「原來！」我很生氣：「警察有沒說什麼？」

「他教大家要『處變不驚』，這件事他會以『最速件』處理，他說今天晚上要開澳花村的村民大會。」布都又問：「什麼是『最速件』？」

「就是最恐怖、最緊張的意思。」博士說。

「我看阿匠哥站在椅子上講話，聲音很大，比校長還有精神。」

「我對阿匠哥很失望，他自己怎能先洩密呢？」

「不是他志願的，莊小姐逼他說。」博士說：「不過也好，大家面對現實，才能解決問題，悶在心裡，整天擔心，太難過了。」

這道理，我怎麼不知？其實，我真正生氣的是：讓莊小姐先說出去了，大家會以為她是最早知道的人，她應該是第七名，在博士、布都和我，在小弟、爸爸和司機的後面啊，這樣的人，跟偷跑犯規有什麼兩樣？

西瓜卡車很快又回來了，小弟最神氣，工頭似地大喊：「開工！」又說：「採西瓜的時候，大家要一邊想，用什麼方法替阿匠哥報仇。今天晚上開會，提出來，現在，不要說。」他高舉著鐮刀，擺個騎馬的架式，帶頭衝向西瓜田，完完全全是小孩子的幼稚舉動。

大家忙著採西瓜，溪床上反而有一種熱鬧的氣氛，好像每個人為了要把野人的事忘記，只有賣力工作。

5 澳花村民大會大火拼

我趕到村辦公室，博士和布都已經在石階上等著了。

村辦公室裡擺了二十幾張長椅，滿滿的全是小朋友，有人伸手張腿，一人占了三個座位；有人不服氣，跟他吵，吵得鬧哄哄。小弟在講臺和座椅間來來回回，當裁判卻又跟人家鬥嘴。博士說：「你小弟和若瑟維持秩序，吵好久了，還沒吵出結果。」

果然，我看見若瑟掄起小拳頭要趕一個占位置的小朋友，小弟在那人的耳邊大吼：「你再不起來，我們連椅子把你抬出去，讓你什麼都看不到，你有買三張門票嗎？沒有？對！那你憑什麼這樣？」

這又不是買票看電影，還沒開場就吵成這種樣子。

「不要管他們，吵累了，他們自己會安靜下來。」博士雙手抱胸，靠在門邊，嘆了一口氣。

我說過，我們澳花村是個很寧靜的地方。在沒有禁止捕魚、禁止打獵以前，只有在抓到大鱸鰻或布都他爸獵到山羌或野豬時，才會有騷動，大家擠來熱鬧一下；或是中臺地誰家的姊姊挺著肚子從臺北回來；或是南臺地的哪個老兵去世了，才會忙起來。

平時，我們澳花村是很安靜的。

最近這半年，只有阿匠哥發現野人這件事，才又引起全村轟動；我不知道這是好事，還是壞事，平靜的日子好呢？還是多幾樁這種刺激的事比較好？真的，我不太知道。

開會的大人們陸續來了，三個、兩個、五、六個，都是快步走，一路談論，他們從我們身邊走過，居然沒多看一眼。

博士他爸媽來了。布都的爸爸牽著約拿也來了，他像剛從酒桶洗過澡，全身飄著一股酒氣。

莊小姐陪著阿匠哥慢慢走，我爸媽從後面趕上來，我爸對阿匠哥說了一些話，我媽卻對阿匠哥說：「不要聽他的，說得那麼詳細做什麼？要把孩子嚇死？」

村長伯、警察、還有嚼著檳榔的歐米果交頭接耳，一起走上石階。

博士、布都和我像電影院的收票員，統計賣座，粗略一算，澳花村的百來戶人家，差不多全到齊。等我們想到要進場，已經來不及，村辦公室裡大爆滿，黑壓壓全是人頭，小弟和若瑟他們被趕到中間走道蹲著，靠窗的兩邊走廊，站著早先來占位置的小朋友，連窗戶上也掛了好幾個。

我們只好在窗外擠一擠，勉強從窗戶上的人腿間看進去。

村長伯先請阿匠哥上臺，要他把發現野人的經過，從頭再說一遍。阿匠哥說了，把告訴過我們的故事像錄音帶一樣再放一次。村長伯把阿匠哥的褲管撩起來，讓大家看個仔細，阿匠哥面紅耳赤，直僵僵地任他擺布。我看了都很不好意思，還好，阿匠哥的小腿長得還正常，那個傷口的外觀也不算太難看。

警察伯伯要阿匠哥面對孫中山先生遺像發誓，保證一句不假，阿匠哥照做了。這「開幕式」完成後，村長伯才正式宣布：「各位村民，現在，請大家踴躍發表意見吧！」

第一個舉手發言的不是別人，正是我小弟，他真勇，他說：「我要替阿匠哥報仇，我哥哥和他的同學也要一起去，我們要陪阿匠哥去！我們最早知道野人出現的事，我們早就準備好，不怕！」

博士、布都和我嚇一跳，他怎麼可以這樣自動宣布，把我們也扯進去，誰答應他了？他到底怎麼了，滿腦子「報仇」、「不怕」，還有什麼「我們」？

偏偏還有一些無知的小朋友鼓掌：「野戰突擊隊，好！」小弟不忘禮貌，回頭向他們說：「謝謝，想參加的人，可以向我哥報名。」

討論的氣氛一下子被帶熱起來，大家爭相舉手，村長伯趕緊抓住麥克風，說道：「小朋友們請等一下，這是正式的大會，讓大人們先發言。」

當然，小朋友吵得讓人心煩，但是村長伯這句話，叫我很不服氣：不公平！這是村民大會，又沒有限制年齡，應該機會均等才對，村長伯迫害人權！

「你記得去翻書，看看有沒有這規定？」我告訴博士。

「事情既然確定，我們不能讓這個禍害藏在我們南澳山。萬一，他下山來，事情就大了。」我爸取得第一個發言權，他說：「昨天，卡車司機告訴我，他有幾個朋友，抓熊抓老虎都有辦法，他們可以來贊助。司機也願意把卡車開到山下來接應；不過，他有個條件——」

「什麼條件？你說。」村長伯問道。

「他不准大家跟上山，以免傷了那野人。他的朋友要活捉野人，活的才值錢，他們可以載去展覽，大人收一百元、小孩收五十元。」

有人鼓掌，也有嗡嗡嗡地議論聲，窗戶上的幾雙小腿動來動去，我用指頭戳了一下動得最厲害的那條腿，警告他安分一點。那小腿一反踢，沒踢著我，博士倒楣，替我挨了一腳，我們正要開戰，博士他爸站起來說話了：「上山捕捉野人，這一點我贊成；但是活捉野人去亮相賺錢，我反對，太不人道、太殘忍了。」

護士小姐也站起來，她說：「我反對這樣的處理。他是個受傷的野人，應該先得到最妥善的照料，才能進一步考慮他後面的安排。野人也是人，是動物……」

「除禍害，還可以賺錢，這有什麼不對？誰不是要賺錢才能生活。」我爸氣憤地說：「妳心腸好，妳膽子大，妳一個人上山去醫治他好了，敢嗎？我看妳是沒辦法。」

這一說，莊小姐真就哭起來，我媽媽和布都的姑婆還有好幾個媽媽去安慰她，莊小姐的肩膀一起一伏，不停地啜泣。

「我認為，請陳警員向上級報告，申請支援，才符合正規程序。」

「這一點我可以做到，同時，應該再加幾位獵捕專家來幫忙。」

「另外，我想邀請我的好朋友，人類學家簡教授一同去，說不定這野人有學術研究的價值。」博士他爸說：「原則上，我們都不希望野人再受傷害。莊小姐的心意我們都明白，到時也要請陳醫師和護士小姐一起上山。」

「你這個作法，跟我又有什麼不同？」我爸指著管士官長的鼻子，說道：「結局是，野人都要被捉走，對不對？他到處去亮相，看人，也給人看，什麼殘忍？動物園裡的動物不是這樣嗎？演戲、唱歌，什麼樣的表演都是給人看；你把他捉去讓人打針、割肉，提過來、翻過去地做研究，這又是什麼人道？」

「你怎麼好意思把你那種活抓野人去亮相，和演戲、唱歌扯在一塊兒？人家是才藝表演，你是把他上鍊加鎖供人看啊！」博士的爸爸說：「林老闆，我奉勸你，做人不要太唯利是圖、見錢眼開，總要有一點良心。」

「你說我沒良心？這句話要給我說清楚！」

一股嗆人的火藥味從會場衝出窗外。會場裡靜悄悄，好像有顆炸彈馬上要爆炸，大家明明知道，卻被嚇得不知所措。我的胸口憋得難受，博士好像也停止呼吸了。

「你賣的東西比蘇澳貴兩成，這算什麼有良心？」

「我不用加個運費、加個耗損、加個資金積壓的利息嗎？」

村長伯和警察站起來，村長伯說：「今天是討論怎麼對付野人，不討論生意，兩位不要把話題扯遠了，事情沒著落，先傷和氣。」

媽媽把爸爸拉坐下，博士的媽也去拉管士官長，他們兩人卻扭扭捏捏地剛坐下，馬上又彈起來。

「你把米酒一箱一箱運回來，讓中臺地的鄰居灌得爛醉，他們的錢都掉到你荷包去，你會安心？」博士他爸爸又說：「上次到你家，已經勸過你一次，再上一次，開村民大會時，我也特別提議，你全都當耳邊風，簡直存心害人。」

「你有沒有想清楚，米酒是菸酒公賣局製造的，我合法批進來，誰愛不愛喝、愛不愛買，隨人。你有什麼資格指導我，我不是你的部下！聽你喊『一二一』。」

「你看看這些人，喝得爛醉，你忍心嗎？」博士他爸爸的手指掃射，掃向中臺地的鄰居，最後停在布都爸爸的頭上：「哈用就是被米酒害的，身體喝垮了，太太也給喝跑了。我第一次看到他的時候，他是什麼樣的身體？現在變成這種樣子，大家仔細看看。」

布都的爸爸聽見有人叫他，搖搖晃晃地站了起來，雙手扶住前座的椅背，又打了個酒嗝。

我看布都，他趕快把臉撇過去，好像快哭的樣子。他想走，我和博士趕緊拉住他，卻被布都使個蠻力給甩開了。他咚咚咚走下石階，被我拉住；博士說：「布都，對不起，我爸爸不應該講這種話。」

布都用他黑黑的手臂抹眼淚，他真的哭了。

「布都，我們還是好朋友，對不對？」博士說道：「對不起啦，你，你會不會討厭我家的人？」

布都搖頭：「你爸爸說得是真的。我爸本來是個勇敢的獵人，身體很棒，他喝太多酒，打我媽、打我，還打若瑟和很乖很乖的約拿。」

布都抽鼻涕，說：「我爸喜歡當獵人，不要種香菇，他喜歡喝酒，不喜歡我們……」

「布都，我爸真不應該賣那麼多酒。」我說。

布都搖頭：「他自己的嘴巴想喝，我們都不知他會這樣。」

我看著博士，博士看我，我們的爸爸吵架了，不知誰該向誰說對不起？

會場忽然一陣驚動，「嘩」一聲，我聽見有人叫說：「這是真的嗎？」「是不是真的？」

博士、布都和我又往回走，擠在剛才那個窗口外，聽見村長伯開口說：「哈用，你把剛才的話再說一遍。」

布都他爸打了酒嗝，說道：「我看過『不要動』三次，每次他都叫我『伊牙累』，我乖乖不動，他就走人。我知道他住在哪裡，我知道，他是個好人，是個好野人，不會像你們，看不起人。」布都他爸爸的手亂指一通，酒嗝打個不停。

「不要聽他醉言醉語，他要是看過，不早說出來了？」博士的爸爸說道。

「我知道，我不要說，你們會去害他。他是很快樂的人，你們會把他捉起來，他就不快樂了。」

「誰相信你的話？成天喝酒，醉生夢死！」

「士官長，我告訴你，喝酒是我的事，你不要看不起人。要不然……要不然……」

「要不然怎麼樣？」博士他爸又追問：「我希望澳花村的每一家都過得幸福快樂，不要自甘墮落，不要有誰剝削誰。你敢拿我怎麼樣？」

「你就少說兩句吧！」博士的媽不斷拉管士官長，勸他。

「好，你敢罵澳花村最偉大的獵人墮落，就是罵所有泰雅族的人。

從明天開始，我們中臺地的水，不給你們喝，讓你們統統改喝米酒，我把你們的水管堵起來，你怎麼樣？」

「你根本有理說不通，」博士他爸轉身又對我爸說：「林老闆，你那種無限制的供應米酒，害得他們多慘呀，你自己看，看清楚一點！」

「我害他們？他們跟我賒的酒錢，我還不知何時才能討回來呀，」我爸說：「士官長，你有良心，你有正義感，以後不要再喊我林老闆。你們眷村那一夥人，從今天晚上開始，不要到我的雜貨店來，要醬油、要鹽，你們坐火車到蘇澳買，那裡比我便宜兩成。還有，我出錢搭建的澳花橋，不准你們再通過！統統聽清楚了哦？」

「好，有本事，要拚大家拚，我們南臺地也不准你走進一步，要到你的稻田，請繞道。哈用，你們也一樣，別想過來做彌撒，南臺地不歡迎你們這些醉茫茫的人，上帝也不會收留你。」

我爸才剛坐下又彈起來，追加說明：「哈用，給我聽清楚，酒錢什麼時候結清，什麼時候過橋；買醬油嫌貴，跟他們一樣，請到蘇澳買。我再跟你們做生意，沒半年就要倒店了。」

「好呀，你們北臺地的人也從今天晚上開始斷水。」

我爸起身往外走，後面跟了北臺地的一些鄰居。接著，博士他爸又氣呼呼地大踏步走出來，他的一些鄰居也像一支部隊，雄赳赳、氣昂昂地從我們窗口邁過去，直直走出大門。

「回去斷水囉——」布都的爸爸這一叫，原本愣在會場裡的所有媽媽們，全都驚醒了，一時呼聲響徹整個澳花村的夜空，她們奮力地擠出去：「趕快回去接一點水。這些男人，簡直跟孩子一樣，鬥氣也不是這種鬥法嘛，天啊！我們開這是什麼會啊？」

博士、布都和我傻眼，我腦子裡亂哄哄，一想再想，想不起來，今天晚上的村民大會到底是為什麼而開的，不是說好來討論野人的事，怎麼變成這種不可收拾的場面？

博士咬牙發呆；布都跑進村辦公室把嚇哭的約拿牽出來；若瑟和小弟還蹲在講臺前問村長伯：「會已經開完了嗎？要不要去報仇？」

會議主持完全失敗的村長伯和警察，無奈地搖頭，頭殼發燙、發痛的樣子。

若瑟和小弟跑回來問我：「這是什麼會，好奇怪。」

他們問得沒錯，這是個完全出乎意料的大會，要我從頭再想一遍也想不起來。好像三支軍隊忽然猛烈地開火，只記得他們的槍炮火藥咻咻飛，煙霧瀰漫，旁觀的人東閃西躲，緊張都來不及了，哪還記得什麼原因開戰、雙方的火力如何？等戰場平靜，又不見傷兵敗將。軍隊開走了，也不知道誰戰勝、誰失敗，留下我們這幾個人在原地，耳朵裡轟轟響，嚇得手腳冰冷。這是什麼會？真的好奇怪。

阿匠哥和莊小姐留在石階，沒走，看見我們來了，也沒說話，一會兒，他們都走了。

我們把小弟和若瑟喚回家睡覺。博士、布都和我在石階坐下，三個人都抱著膝蓋，看向黯夜的前方。

村辦公室是我們澳花最高的地方，面向著三溪交匯成的大濁水，夜晚的廣闊溪床像一條銀色的緞布，從兩山岸間一直通向太平洋。星星彷彿從海面升上來，三五顆、七八顆、千百顆，密密麻麻地湧到我們澳花村的上空，然後停住，開始閃爍。「天上的星星為何像人群一般的擁擠呢；地上的人們為何又像星星一樣的疏遠。」有一首歌是這麼唱的，唱得真貼切。

每年的中秋節，布都他們族人都在大操場舉行豐年祭，所有澳花村的人都會被邀請來。營火在操場中央燃燒，大家圍個大圈，哪個澳花村的人不會跳「歡迎嘉賓舞」？開場的這支舞，誰都要參加，少年在裡面圍個小圈圈，大人在外面圍成大圈圈，大人們向右轉，少年們向左轉，一起高聲唱，一起快樂跳。

我最喜歡吃他們的竹筒麻糬，那些用木棍舂糊的糯米糰，不加作料，聞起來米香裡有竹葉香，一口一口慢慢嚼，真捨不得吞下呀。布都十二歲以前，他媽媽還在家，布都知道我愛吃，每次都加送我三支他媽媽做的竹筒麻糬。我敢說，他媽媽做的麻糬最Q、最香了。歐米果沒力氣，舂出來的麻糬沒有咬勁，不耐嚼，滋味差了一點。

去年的豐年祭結束時，博士、布都和我說好了，今年的「歡迎嘉賓舞」我們要跳外圈的向右轉，因為我們不是小朋友了。我們還要嚐一口小米酒，一人抓一塊烤肉，躺著看星星，就算躺到天亮也沒關係。

布都還說：「我要找我媽媽回來，她看到若瑟、約拿和我都長大了，一定會笑。她會做很多竹筒麻糬請大家吃。我長大了，要告訴我爸不要喝那麼多酒，豐年祭的時候可以，平常不行。」

「今年的豐年祭，還會邀請我們嗎？」我問布都。

「不知，」布都說：「你們的大拜拜還會邀請我們嗎？」

「我也不知，」我說：「要是阿匠哥沒有發現野人就好了。」

「對，他像我爸一樣，發現了不說出來就好了。」

「阿匠哥沒錯，只是大家太激動，才把討論變成討舊債，變成吵架。他們吵成這樣，我們應該幫忙解決才對。」博士說。

「村長和警察站在講臺，他們拿著麥克風都沒辦法，我們說了誰聽？我也想不出要說什麼。」

「我們澳花村沒有一個可以解決問題的人嗎？」

斷水、封橋、不作生意、不能作主日彌撒、走路繞道，大家不來往，還有冷冷清清的豐年祭和大拜拜，想起來就叫人煩惱。大家這麼不團結，要是野人真下山，怎麼辦？難道真要小弟率領我們和阿匠哥，組一支敢死隊上山嗎？

布都站起來，說道：「為什麼不找關神父？」

關克琳神父是大家尊敬的人，也許他說的話，大人能聽進去。他不是常說：「大家是兄弟姊妹，都是神的子女，應該和睦相處。」澳花村的三臺地，分成三派，他一定看不過去，要大家懺悔的。

「怎麼最近沒看到他？」博士問。

「他去金洋村訪問教友，幫人家洗禮，要去十五天，大概快回來了。」

「他們神職人員會不會不管這種事？」我問道。

「會的，關神父是個熱心的好人，他會管到底。」布都為自己出的主意，大聲鼓掌，讓我們覺得這件事突然有了希望，霎時覺得星空明亮起來。

6 斷水、封橋、無處作主日彌撒

布都他爸真的不嫌麻煩，將我們南北臺地的水管一一用塑膠袋封緊，不准我們喝中溪的水。

我們北臺地的人，沒被他難倒，北溪的水太混濁，沉澱後也不能喝，大家把水管拉回來，加裝抽水馬達，打回家洗澡、洗衣服。喝水，就提了水桶到土地公廟排隊，土地公廟後的那口湧泉救了我們。

排隊提水，變成我們北臺地最熱門的運動。尤其在三餐時間，端鍋子、提了大桶小桶的人，總是排成一條長龍。排前排後的人，衣服上都有一股泥土味，什麼顏色的衣服都染了一層土黃色，看來真好笑；

但是大家都笑不出來，除了我小弟，他給自己派了糾察隊的任務，在隊伍前後走動，捉拿不守規矩硬要插隊的人。這一回，他精神更旺！

我家的雜貨店生意冷清多了，中臺地和南臺地的人不敢再來買麵粉、買米酒，我媽閒得一天到晚掃地、擦桌子，把櫥架上的罐頭、醬油統統搬下來，重新擺好，看了不滿意，又搬下來再重排。我看她是閒得很難過。

我爸呢？幾次想到南臺地的稻田巡視，摺了褲管、戴好斗笠，剛走出門又轉回頭：「我們那片稻田真衰，當初怎麼會種到南臺地去？沒要緊！不給我們田水，不讓我們走路，我就不去。誰怕誰？我不賣他們雜貨，也不讓他們過橋，看誰耐得住、耐得久。那些西瓜還好沒早送，否則不被他們白吃了。」

一百多個圓滾滾的西瓜，把我家擠得不留一點空地，爸爸像「跳格子」似地換腳跳回他那張大籐椅，喘過氣，索性蹺腿打瞌睡，就像生意不好的西瓜攤販，三天三夜賣不出去一個，懶洋洋地睡著了。

小弟每天往阿匠哥家裡跑，回來就向我「實況轉播」：「阿匠哥的腿傷已經好了，今早到木瓜園做工。」

「阿匠哥家的羊，每天都吃鹽巴，他請我喝了一杯新鮮羊奶，我喝了很害怕，我喝光了，小羊怎麼辦？」

「我問阿匠哥什麼時候去報仇？莊小姐在旁邊罵我，說我看武俠電影看太多，她要跟村長伯講，村子以後放電影，少放武俠片。我就知道，她自己想看愛情文藝片，以為我不知。」

「莊小姐天天找阿匠哥講話，她吵著要去給野人看病，她真的這樣說，沒騙你。她還到蘇澳買了一雙登山鞋和大背包，每天在村辦公室爬階梯，說是練腿力。」

小弟像個偵探神祕兮兮地忙進忙出，大白天，也敢在北中南三個臺地出沒。有一次，他瞞著爸爸，拎了一大包東西出門，被我發現，有人託他買麵粉和味素，他居然學祖父，當起流動雜貨店，送貨到家。

今天晚上，他四處雲遊觀察回來，告訴我：「你們班的博士跟布都說要找你開會，明天中午在什麼『落帽橋』下，不見不散。我們澳花哪有『落帽橋』？」

「知道了，謝謝你，拜託你不要問。」

吃過中飯，爸回到他那西瓜堆裡的寶座打盹，媽還是在屋子裡擦擦洗洗，小弟擋在廚房門口，替我掩護，我悄悄從後門溜去落帽橋。

落帽橋的欄杆上布了一層厚厚土灰，才幾天少人走動，橋面的伸縮縫竟然冒出青草，長得旺茂，迎風招展。我想，再不出十天，它大概要改名「青草橋」什麼的了。

一輛黑色吉普車開得飛快，從蘇花公路朝我們澳花村轉來。它莽莽撞撞開到我身邊，停下，塵土撲了我一臉。開車的陌生人頭戴法蘭西帽，鼻粱上一副黑漆漆的墨鏡，他探頭問我：「年輕人，請問這是澳花村嗎？」

駕駛座上一個脖子掛迷你錄音機和照相機的人，也問我：「是不是有一位海防部隊的管士官長？」

我打量他們，敲敲這輛像「哈泰利」電影裡的狩獵車，檢查它的密閉後座，再用守橋衛兵的語氣問他們：「裡面裝什麼？送雜貨來的嗎？」

「不是，士官長跟我們約好兩點見面。」

「沒裝什麼危險物品吧？」我在這輛別致的吉普車前後繞一圈，好好欣賞一番，才揮手放行：「一直進去，第三個臺地，砌紅磚圍牆的那一家，記得減速慢行！」吉普車慢速前進，還是撲了我一頭塵土。

我回到橋下等著。不久，又聽見摩托車聲噗噗噗靠近，我跑上來，又看見一個戴帽子的載一個背照相機的，前座那人的嘴腮邊，長著一顆大黑痣。他問道：「這裡是澳花村嗎？有沒有一位海防部隊的管士官長，請問你知道嗎？」

怎麼又找博士他爸？這奇怪了，博士家難得有客人，今天，十分鐘裡來了四個，而且，看樣子都是遠道而來，專程拜訪。

「請問找他做什麼？調解委員會的嗎？」

「不，他跟我們約好見面談話。」

「你們跟吉普車的車痕過去，就可以找到。剛才，已經來了兩個，也是背照相機。」我問：「你們要和他談什麼呢？」

我的話還沒說完，這兩人驚叫一聲，好像寶藏已被人劫走似的，連謝謝也不說，加足馬力衝過去。

我坐回老位置，想著：博士他爸暗地找來四個陌生人，錄音機、照相機樣樣齊備，是不是來調解我們的三派分裂？如不是，何必拍照存證呢？

難道是博士家有喜事，這兩批人是找他姊姊相親的？相親，帶照相機也夠了，何必還帶錄音機？

……

布都來了。

他背著約拿，從西瓜田那邊繞過來，說：「把我纏住了，一定要跟來，不給跟就哭。你小弟和若瑟去找阿匠哥，不肯帶約拿。」

約拿臉頰還留著淚痕，看到我也會叫：「阿堂哥。」

布都撿些小石子，白的、黑的，捧一大堆讓他玩，我掏出向媽指油的口香糖，分給約拿和布都一片，三個人甜滋滋地嚼起來。

等了一陣子，博士還不來，倒是小弟和若瑟大剌剌地從落帽橋下來了。

「阿匠哥不見了。」若瑟說。

「護士小姐也失蹤了。」小弟說。

才下坡，他們兩人又報告：「關神父回來了。」

「有四個人到管士官長家，一輛吉普車、一部摩托車，那吉普車很漂亮，我喜歡。」

澳花村有小弟一個偵探，已夠厲害，現在，他又訓練了一個若瑟，村裡大大小小的事情，別想逃過他們的耳目。

「阿匠哥和莊小姐怎麼會同時不見呢？」我問道。

「我們正在調查，若瑟說他們去爬山，我有一點相信。你放心好了，我們一定會調查出來。」小弟挺胸說道。

「村裡發生的事，我想找時間跟神父講，讓他知道。」我說。

「你太慢了，」小弟說：「我們已經統統跟關神父報告過了，他聽說三個臺地的人不團結，他很悲傷，一直搖頭。我說了半小時，口好渴，哥，來一片清涼口香糖吧？」

我把整包口香糖塞給他，小弟不錯，不忘和他的得力助手同享，也遞給若瑟一片。

直到我們把口香糖嚼得發硬、無味，在舌頭上下溜溜轉，正不耐煩，我們的會議主持人，博士先生才駕到：「對不起，來晚了。」

其實也不晚，天還沒黑呢。

博士跑得一頭汗水，他雙手拎著拖鞋，氣喘吁吁地說：「我正要出門，四個新聞記者就來了。本來我就是要跟你們討論這件事。昨天，我爸到蘇澳買東西，回來後說他通知了兩家報社，請他們今天來採訪野人的新聞。這件事宣揚出去，到底好不好？全臺灣的人知道以後，會不會有遊覽車一部接一部地來我們村子？這件事，應該採訪阿匠哥才對，至少還有布都他爸，輪不到我爸的。」

「這好啊！」小弟跳上半天高，叫道：「野人的事情是真的，讓新聞記者知道了才好。你想不說？太不誠實了。」

「你才九歲，你不懂啦！」我罵他。

「九歲怎樣？有人九歲就讀大學了，我們老師說的。」

「既然記者來了，我乾脆聽一段，有我在，我爸比較不會說錯。」

博士說：「四個記者把我爸包圍住，兩個發問、錄音，兩個拍照，拍完了還換底片。」

「你爸有沒有說得很清楚？」小弟問。

「夠清楚了，他把阿匠哥說的加上布都他爸說的，再綜合他的意見，他講的有一些我還沒聽過呢，還叫我翻書把野人資料拿給記者抄。」

「要是我在就好了！」小弟拍腿、甩頭，痛恨錯失了好機會，他問：「我現在去來得及嗎？」

「來不及，他們訪問結束，正在村子裡拍照，馬上要趕回去寫稿，傳真到臺北報社去。」

「沒關係，我跟若瑟到橋上等他們。」

「上報，就不好嗎？」布都說：「可以讓我們澳花村變得很出名，我媽媽看報紙，會想起澳花村，想起我們。」

「不是一定不好，我怕阿匠哥不高興。他最近的心情很壞，不再提起野人的事，他有他的想法，有他的痛苦，我聽你小弟跟若瑟說的。」

「博士，這是你猜的啦，你想得太多。」布都說：「我們澳花村太沒名氣了，全臺灣不會有三百個人知道，野人的事上報後，我們會變成最有名的部落。」他好像很高興，摟著約拿，逗他玩。

「澳花是這個樣子的村子，讓全臺灣的人知道，有什麼好？」我問博士：「你爸有沒有提到這件事？」

「倒沒說，他說家醜不可外揚。」

「找新聞記者報導野人的事，你知你爸的用意嗎？」

「他說，既然自己村子的人不解決，不如登了報紙，讓有興趣的人來處理，免得後患無窮。我爸成天罣記這件事，已經失眠好多天了，你爸呢？」

「卡車司機來家裡兩次，我知道他們在商量活捉野人的事，他們不讓我聽，」我轉身問布都：「你爸呢？」

「他說警察不准他獵動物，但准大家獵『人』，是什麼道理？他要禁止大家去，」布都笑得露出整齊的白牙，說道：「我爸很生氣，他說你家不賣米酒，他不喝也不會死。我爸已經三天沒喝酒了，你爸多禁他幾天，他會把酒癮戒了。」

博士和我聽了哈哈笑，約拿也莫名其妙地跟我們笑。

博士說：「你爸愛喝酒，是心中有問題，他有事情不快樂，才會這樣灌酒。我們澳花村的人，心中也都有問題，才會弄得不來往。」

「你爸會不會覺得這樣不來往，很難過？」我問。

「我知道他會，但不說，他從前不會嘆氣的，現在，一天到晚皺眉頭，嘆十幾口氣。」

「這樣斷水、封橋，實在很沒意思。我們班的同學吵架，也不會吵這麼厲害，吵這麼久。我小弟說，關神父回來了，我們應該趕快去找他。」我說。

「希望關神父能想出好方法，不要只說『願上帝保佑你』。」

小弟和若瑟在橋上叫喊：「趕快上來，阿匠哥和護士小姐從山上下來了，看見了沒？」

布都背起約拿，我們爬上橋。那輛黑色吉普車正好從我們身邊開過，開得飛快，記者招手，拋下一句：「再見，看明天的報紙。」捲起的沙土又撲了大家一頭一臉。

小弟開罵：「怎麼搞的，沒訪問我就走了？」他撿一把石子扔過去，他的力氣有問題，連車後的灰塵也沒丟到。

小弟和若瑟拱起拳頭當望遠鏡，瞄準山腳的小路：「我就知道，阿匠哥和護士小姐跑去登山。阿匠哥背背包，啊，莊小姐背著醫療箱，是醫療箱。」

小弟放下他的「望遠鏡」，說：「莊小姐真的去替野人看病嗎？她這麼大膽嗎？」

「趕快再看，有沒有人受傷？」

「沒有，兩個人都大步走，在講話。」

「講什麼？」

「我怎麼聽得到？」

這時，騎摩托車的那兩個新聞記者噗噗噗地開過來了，我們擋在橋中央，他們不停按喇叭：「對不起，請讓路，我們要趕回去發新聞。」

布都背著約拿硬是不讓路：「急什麼？還有一件更驚人的消息，看到沒有，走來的那個阿匠哥和護士小姐，剛剛去給野人看病，你可以訪問他們呀。」

「布都，你怎麼知道？不要亂講！」博士制止他，又對新聞記者說：「你們可以走了，再見。」

黑痣記者卻真不走，他將摩托車熄火，靠在欄杆邊：「差不了三分鐘，我們問問看。」

阿匠哥和莊小姐看見我們一群人站在橋頭，還離一百公尺，他們兩人都停下。

「衝呀！」小弟是突擊隊最勇敢的隊長，率先衝去。其他人卻站在原地不動，小弟也不管，一個人不回頭地衝鋒去了。

小弟在阿匠哥他們身邊繞著，說話的聲音很大，不斷又有驚叫聲，我們雖聽不清楚，雙腳卻浮起來，向前走了幾步。

小弟拉著阿匠哥和莊小姐，一直說：「沒關係啦，不要怕。」他拉著兩人走向落帽橋，像逮捕到兩名俘虜。

「就是他們今天一早跑去南澳山，」小弟氣喘吁吁地奔回來報告：

「他們差一點就看到野人！」

黑痣記者拉住小弟的手，遞上錄音機，另一個飛快對準小弟拍了三張照片。

「莊小姐是我見過最偉大的護士，她自己背醫療箱去替野人治療傷口！」

博士、布都和我不禁睜大眼，黑痣記者一個箭步，撲向走來的阿匠哥和莊小姐，錄音機、紙筆、照相機同時作業：「請兩位談一談，你們是如何做到的？」

莊小姐一臉倦容，橋上強風把她的秀髮吹亂，越理越糾結在一起。她看阿匠哥一眼，阿匠哥不理黑痣記者，向前走了兩三步，卻被記者攔住去路：「請問你們是怎麼做的？什麼樣的動機，讓你們冒生命的危險為野人療傷？野人受的什麼傷？請問……」

阿匠哥搖頭，不回答。我小弟卻搶到阿匠哥面前，代說：「野人的手爛了一塊，莊小姐猜想，大概被山豬牙戳到的。他們這樣上山，完全是『愛的力量』！」

「你講得太好了，小弟。」黑痣記者沙沙速寫。小弟被他誇得抖腳抖個不停。

「小弟，你再多嘴！」我掄起拳頭嚇唬他。

「小弟說得很好呀。我們記者有為民眾報導真相的義務，你們提供消息，也是服務大眾。」黑痣記者說道：「護士小姐，請妳為我們證實今天的事。」

「我們找到山洞，並沒看見野人。」莊小姐說：「我們只在洞口放些食物，讓他知道我們沒有惡意。」

黑痣記者說道：「那吉普車開得飛快，有什麼用？這頭條新聞『本報獨家採訪』的消息，明天見報，會讓他們嘔死！」

布都喚住那個背照相機的記者：「你可以為我們拍一張照片呀，把南澳山也拍下來，拿回去登。」

「對了，『一群恐懼的、有愛心又勇敢的澳花人』，這張照片可以用，謝謝你提醒我。」

阿匠哥和莊小姐不肯合照，小弟和若瑟趕緊拉住他們，攝影記者一連搶拍了好幾張。布都忙不迭說：「約拿快笑，笑一笑，若瑟也笑，媽媽會看見我們的。」他把約拿高高抱起來，好像是我們照片裡的主角，還不斷哄著他：「約拿！約拿趕快笑，若瑟也笑，讓媽媽看見。」

我回頭看約拿，他的衣服被布都推上胸，露出小肚臍，他真的害羞地笑了。我告訴那攝影記者：「再拍一張，報紙上要用這一張，要不，以後什麼都不告訴你們！」

莊小姐似乎也懂了，她擠過來，過來幫布都抱約拿。阿匠哥也把若瑟的手舉起來，好像怕他太黑，在照片裡不起眼，他離家出走的媽媽會看不見。

我們有名的落帽風，一把將黑痣記者的帽子掀下來，那記者也不停車，火燒屁股地開走，還回頭叫說：「帽子送給那個小弟做紀念，謝謝你們提供消息，明天請看報。」

莊小姐發現約拿長了大塊的頭皮癬，先帶他回去幫他洗澡、擦藥；約拿乖乖讓她牽著，小步小步走回家。

「小弟，你回家挖一塊冬瓜糖，到若瑟家燒茶。端一碗給莊小姐，其他的抬到這裡來。」有小弟和若瑟在身邊，我們沒辦法談正經事。

博士、布都和我陪阿匠哥在落帽橋休息。

「我照哈用的路線，找到野人住的洞穴。」阿匠哥說：「回想那一天的行動，他對南澳山的環境熟悉得連我都比不上，一定在那裡住很久了。我在菇寮附近走動二十幾年，卻從來沒見過他，可見他是個害羞、沒有攻擊性的人。他會射我一箭，那是我不應該拿木棍丟他，讓他害怕，這不能全怪他。」

「光憑這個，你就敢再去？」

阿匠哥搖頭苦笑，說道：「我害怕，從此不到菇寮去了嗎？這不是好辦法。那天的村民大會，聽大家意見，不論怎麼說，竟然都要捉他，把他綑綁起來。我聽了很難過，心情很矛盾。」他說：「大家聽我的描述，以為他是一隻野蠻兇殘的動物，抓起來，必要的時候，不惜讓他死在亂槍下。其實，回想他的眼神，雖然我只匆匆看一眼；但我知道，他是個知道恐懼的人，只是個野生的人。他射了我一箭，我並不恨他，大家決定獵捕他，我反而同情他。」

橋上的風吹得呼呼響，好像有一隻大手掌抵著我的背，讓我坐不穩，於是我跳下來靠著欄杆。

「莊小姐和哈用講的話，讓我很感動。莊小姐不是個膽大的人，竟認真地要去救他，什麼意念支持她這個行動？哈用曾是一位好獵人；但他並不是見動物就殺的人，他不獵小動物、不殺懷孕的動物，反對大家抓野人，是哈用對不同生活型態的人的尊重。他們兩人的話，教我反省了很久。我很後悔，把發現野人的事告訴大家，不但害了野人的生命，也讓澳花村分裂。」

「我爸爸從前是個好獵人，我知道，」布都問：「但是，他會想這麼多嗎？」

阿匠哥淡淡一笑：「也許這理由是我幫他說出來的，你爸爸的舉動卻表現了這個想法。」

「新聞報導後，野人會不會更危險？」博士問道。

「不一定，看情況變化。但不論他的生命是否有危險，只要他被趕出那個洞穴，他將不再有過去那種日子。」

「莊小姐有沒有一路發抖？」

「她是我見過的最堅強的小姐，她很聰明，留下一些水和食物，讓他回來可以吃，」阿匠哥說：「我也把那支箭帶回去還他，放在食物旁邊。」

「做什麼？」

「讓他知道，我們不是敵人，不會來『報仇』的。他可以把水和食物吃掉。」

「阿匠哥，」我說：「你和莊小姐的好意，會不會白費了？等一大群的探險隊和我們澳花村的人衝進南澳山，野人會害怕、會抵抗，他會被殺死的。」

「阿堂，不要這麼悲觀，不一定是這樣。」博士說。

布都卻說：「我想一定是這樣！好多人攻到他的洞穴，野人不出來，大家用火燒，把他燒死在裡面。」

「請跟我一起想辦法，不能讓這種事發生。要不，我會一輩子不安，不敢再看到我們的南澳山，只好再去流浪。」

「記者不要把這消息登出來就好了。」布都說。

「來不及了。」博士說。

「我們守住這座橋，不讓外面的人進來。」我說。

「不可能的，」博士說：「我們這座橋，只管自己人禁止通行，不管外人進出，就是這麼奇怪。」

「叫我爸和阿匠哥不要帶路，大家就不知道野人住的地方在哪裡。」布都說。

「他們會把整座南澳山翻遍，還是會找到的。」

阿匠哥雙肩塌下，偏著頭，左耳好像要貼住肩膀，他斜望著南澳山，看得入神。我彷彿看見一支接一支的探險隊沿著北溪邊的小路跋涉入山，聽見他們興奮地交談著，佩帶在腰間的刀械、弓箭和火鎗相互撞擊得鏗鏘響，長長的隊伍像螞蟻搬家，曲曲折折地爬動，交頭接耳地互報路況，沒有間斷。我竟在這種大熱天，打一個寒顫，不知道自己站在哪裡？是什麼季節了？

7 神力是可遇也可求嗎？

博士、布都和我約在下午七點鐘，到教堂找關神父。

橙紅的夕陽餘暉還沒有落盡，豎立在教堂尖頂上的十字架，卻已點亮了；晚霞緩緩消失，十字架的光芒漸漸耀眼，站在澳花村的任何一個角落，大概都可以看到它。

教堂大門敞開，裡頭幽幽暗暗，博士、布都和我躡腳走近，布都在大門邊喚一聲：「關神父——」

聲音在教堂內撞擊著，回應了三兩次。

「神父在嗎？」又是迴音。

我和博士都不是天主教徒。我家是拜天公、拜土地公、拜媽祖婆婆、拜祖先的。博士他媽媽拜釋迦牟尼，他爸爸只信「國父遺教」。但每年的聖誕節我們都到教堂來，還跟布都挨家挨戶去報平安，聽關神父的義大利腔國語說：「來教堂都是勸人向善、洗去罪惡，得到心中的喜樂，歡迎你們來。」這教堂我一年至少來一次。

等了一會兒，最深處的聖壇邊，有一扇白門打開了，高大的關神父穿著一襲白衣走出來，身後竟跟著阿匠哥和莊小姐！我聽見關神父對他們說：「願天主保佑你們。」他們慢慢走著。博士、布都和我就等在大門邊。

莊小姐看見我們，吃驚問道：「找我跟阿匠哥嗎？」

「不是，我們來找神父，拜託他想辦法的。」

「是不是你們家裡的事？」神父的粉紅臉頰綻露微笑，語調柔和：「還是和他們一樣，為了野人的事？」

「是的，還有我們澳花村大吵架、不合作的事。」

關神父要我們進去坐著談；教堂裡的迴音讓我很彆扭，我說：「我不是天主教徒，在外面就好了。」

「其實，大家都是教友。」關神父鬆鬆地抱著拳頭，笑道：「這兩件事我都知道了。阿匠和莊小姐的心情，我也了解，明天早上的主日彌撒，我會講到這兩件事。」

「這只有你們天主教徒聽到，其他人還是不知道呀。」

博士也問道：「還有看到報紙，從各地來的人，怎麼辦？野人一定會被抓走。」

「剛才我已經和阿匠說過，他不放心野人的安全，心裡很難過。在各地的探險隊入山時，不能躲起來，一定要跟進去，才能不讓野人受傷，大家才會平安。」

關神父說：「中國有一句話『解鈴還需繫鈴人』，阿匠是一定要去的，我跟莊小姐也會去。村子不合作的事，你們三個人的爸爸都是男主角，『解鈴還需繫鈴人』，只要他們三個人能提出愛心，一切都沒問題。你們是他們的兒子，要想辦法勸勸他們。」

我心想：關神父真妙，要是我們知道怎麼做，還會來找他嗎？搜捕野人的事，我只能勸爸不要去；但是，我沒把握他聽不聽。

博士說：「對！我爸沒去，南臺地的人也不會去，這樣少跟一大群人，免得半路吵起來。省得到野人洞穴，為了怎麼『處理』他，爭執不完，乾脆把野人打死。警察跟我爸是好朋友，我想請他勸勸我爸，或者嚇他也可以！」

「我爸要不要去呢？」布都說：「我在想，山裡那個人，會不會很想下山？」

「你爸會贊成讓野人自由決定，他應跟阿匠哥他們一起帶隊，去監視探險隊的行動，」我說：「說不定野人還會跟你爸講話，野人會說『伊牙累』。」

莊小姐說：「這是一個好方法。兩件事，分開來處理，免得一頭亂；澳花村的人不去，我們比較好處理。」

關神父說：「大家不必太煩惱，事情總有辦法，心中平靜，努力去做，才能解決問題。你們說是嗎？」

我可以平心靜氣地勸爸爸，但是他會平心靜氣地聽我講話嗎？斷水和繞道去南臺地稻田的事已夠他心煩；雜貨店的生意清淡，買賣不及往常的五分之一，都叫他上火。找小弟？那不行，他一心想要替阿匠哥報仇，恨不得即刻上山，哪肯幫我勸爸不要去？今天阿匠哥講的話，應該讓他聽一聽才對呀。聽說卡車司機已經聯絡好他的那些朋友，說是等工具齊備，就要開拔到我們澳花村跟爸爸會合，我怎麼勸得動他呢？難道請他先去土地公廟擲筊，先問問土地公吉不吉利？

關神父說：「願天主保佑我們。」

這關頭好像只能求神保佑我們，但上帝、天公、耶穌、釋迦牟尼、聖母瑪利亞和媽祖娘娘真有時間、有能力保佑地球的七十多億人嗎？祂們施展的神蹟是可遇也可求嗎？天底下有這麼方便幸運的事？想想，這一切痛苦和麻煩，求來求去只能求自己「心中平靜、努力去做」吧！

8 全國新聞記者採訪戰

說小弟勤勞，喜歡替媽到土地公廟打水，不如說他喜歡去「維持秩序」。他一早提了兩個水桶出門，總要等到排隊的長龍解散，才啞著嗓子回來。兩桶水一路濺灑，回到家還合不到一桶，媽等得心急，再看這景況，又加罵一樁：「這甘泉寶貴，可以這款潑灑嗎？」

這幾天，我賴在床上，總聽見小弟在土地公廟那頭喊叫：「你不排隊，我就記你的名字！」「插隊的人排到最後去……」還有他回家後的挨罵，夠吵了；不過，堂堂一個糾察隊，這麼熱心還挨罵，也叫人替他抱不平。

今早，這些聲音卻沒了，太安靜，讓我睡不著。我想去土地公廟看個究竟，剛出門，猛不防被小弟和若瑟跑過的一陣旋風掃個正著。

小弟手揮報紙衝到土地公廟，嗒呼嗒呼，一條打水的隊伍被他們攪亂，團團將小弟圍住。

「快來看唷，報紙登了澳花村有野人。看到照片嗎？這個人就是我，這是若瑟和約拿，還有我哥哥，還有阿匠哥……看到我沒有？跟我本人很像對不對？那個記者好厲害，早知道請他多拍一張。」

我探頭看去，小弟的頭遮了半張報紙，看不清楚，其他人爭看電影明星似地拉拉扯扯，看看報紙上的照片，再看小弟和若瑟，像看登臺的電影明星一樣地比對，一張報紙快被扯破了。

我繞過人群到阿匠哥的家，阿匠哥也正在看報。兩份不同的報紙，都將野人的消息登在第三版的頭條，以銅板大的粗黑字印著：

南澳山中出現野人　澳花村民驚恐

護士小姐勇闖蠻荒　阿匠哥英雄救美

青色山脈野人現蹤　箭傷阿匠哥

澳花村驚動　士官長說山中傳奇

我看報的速度從來沒有這麼快，這份「獨家報導」寫得太神奇了，阿匠哥發現野人的過程，輕鬆地一筆帶過，偏又前後引用了六、七次

「根據目擊者說」，便把野人的動作形貌像工筆畫一樣描摹得「面露殺氣、雙眼直射兇光」，並且「發出野狼般地嚎叫，聲音淒厲，令人不寒而慄」。

阿匠哥和莊小姐入山為野人療傷的事，寫得更戲劇化，變成全澳花村的人都在發抖，只有莊小姐的愛心加上無比的勇氣，一個人跋涉入山和野人面對面，野人的野性發作，阿匠哥不顧生命的危險將她救出來，因此，被野人射了一箭，已經成為受人擁戴的英雄。

阿匠哥看了不斷搖頭苦笑，說道：「這份報導太誇張了，這個記者有問題，沒有一段寫到我們澳花村人決裂的事。」

我以速讀看了一遍。第一個印象，好像博士他爸親眼看見野人，才找來記者；全村的人害怕得連中溪的水也不敢喝，只好到土地公廟排隊，汲取泉水飲用。那個開吉普車的新聞記者，想像力未免太豐富了。

「是博士他爸通知記者來的，澳花村鬧翻的事，他不讓外人知道。」我說：「記者沒認真採訪，這樣亂寫一通，下次再來，不要理他！」

阿匠哥的指頭在那張工作檯兼餐桌的工作箱上摳著，他想了又想，說：「我不應該避不回答，讓他們為了滿足讀者的閱讀興趣，越寫越離譜。既然鬧成了頭條新聞，我再閃躲，只有讓事情變得無法收拾，甚至把我們澳花村毀了。」

「阿匠哥，會這麼嚴重嗎？」我問道。

一陣急促的敲門，好像要把大門敲破，接著，玻璃窗也被敲得乒乓響，兩張臉孔貼在最上層的透明玻璃上，笑著，亮出「記者證」。叫道：「我們是記者，來採訪阿匠先生的。」

這還沒完呢，又有一群記者來了，屋外人影晃動，至少有二、三十人，我感覺像被困在走投無路的堡壘裡，手無寸鐵，而堡壘外強兵已壓境。

「怎麼辦？」

「沒關係，我來應付。」

阿匠哥將衣服穿戴整齊，拉平衣襟，一把將門打開。

照相機的閃光燈，閃得一片白花花。十幾名記者，有踮腳尖的、有半蹲的、有遞上麥克風、有端上整臺錄音機，七、八隻手交疊在一起，都堵在阿匠哥面前，相互推擠，還來拉扯阿匠哥。

博士和布都站在土地公廟的石椅上招手，我趕緊從亂軍中擠出去。身材瘦長的記者拉住我的手臂，低聲問道：「嘿，你就是阿堂對不對？這招『聲東擊西』別想瞞過我。我姓張，中視新聞部的記者，請你接受我們的獨家採訪。」

另一個肩上扛著攝影機的人也躡步過來，兩人把我挾持到土地公廟後湧泉邊，要開始訪問。

「你們應該問阿匠哥，真的，我不太清楚！」

博士和布都跑來為我解圍，張記者卻仔細打量我們三個人：「照片上有你們三位，至少你們了解內情。三位一起訪問，更好。」

「你應該去訪問阿匠哥，他說的才正確。」

記者群的採訪戰，讓我開了眼界。

層層包圍著阿匠哥的記者們，像一群採蜜的黃蜂，嗡嗡嗡團團轉，伸長的手臂像採蜜吸管，東啄一個，西啄一個；阿匠哥真行，還能神色鎮定，沒被螫暈過去。

「各位記者，請大家到村辦公室，那裡有座椅、有茶水。」

村長伯出門叫道：「阿匠要到那裡開記者會。」

我看見博士他爸來了，布都他爸抱著約拿也來看熱鬧，幾乎南臺地和中臺地的人都越界跑來土地公廟，大家被這種澳花村空前未有的記者採訪戰吸引，大家聚成一圈，笑瞇瞇地討論著。

我小弟和若瑟聽完村長伯的宣布，他們叫著：「衝呀！到辦公室去。」我知道他們兩人又要去維持秩序了。看熱鬧的澳花人，好像忘了越不越界這件事，全部移動過去；我爸手握著報紙，也跟著人群走。

中視的張記者和他的攝影師卻不走，把博士、布都和我擋住：「記者會的資料我們容易拿到，重要的是你們三位澳花少年不同觀點的第一手資料。他們走了，正好，沒有人會干擾我們的採訪。」

誰知，這時又來了一位美麗的小姐和一位孔武有力的攝影師。這位小姐說：「我是《華視新聞雜誌》的陳記者。大家好，請問能接受我們的訪問嗎？」

中視的張記者睜著骨碌碌的雙眼，既驚奇又氣憤，還沒等他發作，表示意見，從阿匠哥家裡又來了一對手持麥克風和肩扛攝影機的記者。

「我們是臺視《熱線追蹤》節目的記者，我姓李，叫我李表哥好了。三位，能自我介紹一下嗎？」

這位英俊的「李表哥」動作奇快，指示攝影機開動，馬上就要訪問我們。

「這不公平！怎麼可以後來居上，強人所難呢？」中視的張記者飛身擋住他們的攝影機，「他們三位是我發現的採訪對象，請你們保持風度。」

美麗的陳記者風度優雅地回說：「新聞採訪的機會應該公平，不能獨占壟斷，你破壞了我們三臺的默契。張記者，您不覺得嗎？」

英俊的李表哥小嘴一抿一笑，眨眼說道：「他們三個人，我們一臺分一個採訪，以滿足觀眾知的權利，這樣，公平吧？」

三位電視臺記者用他們最標準的國語爭吵著，聽來還真悅耳呢。趁他們爭執不下，博士、布都和我祕密討論：我們從來沒有被記者訪問過，看到攝影機和照射燈已禁不住緊張，要是三個人被分開來，一定嚇得說不出話。不行！三劍客要在一起，不能被帶開。

張記者雖然不服氣，也沒辦法，只好要求：「麥克風上的三臺標誌全部拔下來，鏡頭的調度比較方便。」

於是，博士、布都和我就在土地公廟的石椅上開起另一場小型記者招待會，好像要和阿匠哥打對臺似的。

精瘦的張記者問：「發現野人這個震撼性的事件，對於澳花村有什麼影響？」

我答：「有震撼，很大，也有很多影響。」

我坐得直挺挺的，一動也不敢動，舌頭忽然打結了，眼皮卻像停了隻蒼蠅，癢得不得了，不眨都不行！

張記者問：「對！什麼影響？」

該死，我說不出來。布都接口，說：「我們澳花村變得很出名，全臺灣的人都知道。」

美麗的陳記者問：「除了這一點，還有什麼？」

博士答：「大家不是真的害怕野人，本來有些害怕，現在變得很奇怪，每個人都要去抓他。我們澳花村本來很安靜，現在不一樣了，我覺得不習慣。」

布都補充說明：「只有我爸爸反對，還有阿匠哥、護士小姐和我們三個人，我們反對把野人抓下山。」

英俊的李表哥抬抬眼鏡框，微笑問道：「為什麼？」

博士說：「他在南澳山住那麼久了，他是屬於那裡的人，為什麼一定要把他抓下來？大家會尊重他的選擇嗎？我們太自大也太自私了。」

李表哥又問：「你怎麼知道他在南澳山住很久呢？」

博士答不出來，我奮力迸出一句：「阿匠哥說的！」

張記者問：「阿匠先生又怎麼確定的？有一天，要是野人下山，傷害了澳花村的村民，怎麼辦？」

布都答：「他不會，我爸說的。」

美麗的陳記者問：「你父親又怎麼確定野人沒有攻擊性？那位阿匠先生不是被他射了一箭嗎？」

我被問得額頭冒汗，博士和布都也愣住。

張記者又問：「野人的事，有沒有影響你們的生活？」

博士說：「大人們吵架，三個臺地的人不能來往，沒水喝了、橋不能過了、沒雜貨買了、白天不敢上教堂，反正大家翻臉了！」

陳記者問：「就因為這個『野人事件』嗎？」

博士、布都和我把那天村民大會的實況，很詳盡地報導了一遍，博士突然又叫起來：「糟糕，這件事不能說的，我爸爸交代『家醜不可外揚』，拜託你們，這段不要放出來，把它剪掉好不好？」

對呀，我和布都的脖子一縮，這件事可以講嗎？博士揮手求情，樣子夠可憐了；但是三架攝影機仍拍個不停，三支麥克風還堵在我們面前。

「我們會被罵死的。」

精瘦的張記者卻說：「報導真相是我們記者的責任，發掘問題是我們的本分，你們提供事實並沒有錯，你們應該得到肯定的，不必害怕。」

話說得輕鬆，我們可擔心呀。

這三家電視臺的記者仍不放過我們，李表哥又問：「你們是不是也想看看野人？明天的活動，三位也要參加嗎？」

張記者問：「澳花村的小朋友是不是很恐慌？」

博士不管燈光還亮著，攝影機仍在轉動，起身就走。我和布都跟著也站起來，跑出土地公廟！

回頭，三架攝影機的鏡頭轉過來，還盯住我們不放。博士、布都和我越跑越快；精瘦的張記者、美麗的陳記者和英俊的李表哥，各自抓著麥克風，三臺的標誌也裝上去了，對著麥克風說不停。說些什麼？我們聽不見。

9 百年雜貨店單日最佳業績

就算我抱了十卡車西瓜，也沒接受一場訪問來得緊張、累人，我的腦細胞不知陣亡了多少。

阿匠哥的記者招待會結束後，人群從村辦公室游過來。阿匠哥他還被記者包圍著，他的頭像博浪鼓左點一下，右點一下，好慘！他的身心狀況，我能澈底體會的，他一定累得不知道自己說些什麼了。

挾持著阿匠哥的人群從我們身旁通過時，我喚了一聲：「阿匠哥！」

阿匠哥實在鎮定，他聽見了，向我們打手語，比個「七」，又在頭頂畫一道橋，再畫個大圈圈，正剖一刀，橫劈一刀，又比個「三」。

這祕密手語我明白了，阿匠哥的意思是：「今晚七點，請三劍客都到落帽橋來，別忘帶一顆大西瓜解渴，因有很多話要說。還有，西瓜先切成四塊！」阿匠哥臨危不亂，想得真周到。

「請問你，阿匠先生剛才說什麼？」

我以為是博士和布都他們問我，正想解密，一看，居然是昨天在落帽橋遇到的那個黑痣記者。他拿著紙筆，擠到我身邊，悄悄地問道：

「那是你們的暗號？還是什麼特別祕密？」

「沒……沒事，不干別人的事。」

「唉，我哥又說謊！我知道，對不對？」

小弟和若瑟從趕熱鬧的人群裡冒出來，小弟指著我。小弟怎麼搞的，專門來攪局？我大喝一聲：「小弟！」瞪他一眼，小弟收口了，若瑟卻說：「他們的祕密，我們兩個都知道。」

「不要把新聞記者看成壞人，說我們討人嫌，我們的辛苦都是為了滿足萬千讀者『知的權利』，」黑痣記者說：「你們不必害怕，有話儘管說。當然了，屬於隱私的祕密，我們也不會寫，傷害到消息提供人或被報導的人，這就有損新聞道德了。」

黑痣記者直視著我，眼皮不眨一下，彷彿多誠懇，我仍然不放心；博士、布都和我慢慢往後退，我按著小弟的肩頭往後拉，布都也去拉若瑟的手，他們兩人還想掙扎作怪。小弟一扭身，仰頭叫道：「飛機，有一架直升機來了！」

真有一架直升機，從新和平大橋的方向沿大濁水河床飛來，像一隻超大型的蜻蜓，在澳花村上空盤繞一圈，直往我們學校的操場飛去。

這是我第一次親眼看見直升機，它從我們頭頂飛過時，那種聲響和罩下的黑影實在大得嚇人。

原本包圍阿匠哥的人群，一下子分成三群：我爸媽、哈用和歐米果，北臺地和中臺地的大人們，閃躲到樹下縮頭看著；新聞記者和管士官長他們南臺地眷村的人，卻雙手插腰站立不動；我們澳花村的所有小朋友發現直升機飛往學校操場，在小弟和若瑟的率領下，喊著：「衝呀！」已經拔腿跟著飛去了。

博士問我：「要不要去看？」

我才說：「走吧！」布都的飛毛腿卻竄在我們面前，先跑了。

直升機降落在操場正中央，螺旋槳掀起的旋風，揚得塵土滿天飛，我們想看個仔細，又不敢太靠近，大家的手腕擱在額頭上，瞇著眼，擠在一起，像潮水般進進退退地晃動。

直升機的螺旋槳似乎沒有停下的意思，透明的機門打開，那駕駛員的手伸到窗門外，豎起大拇指朝內比畫。

螺旋槳像個飛鏢嗯嗯轉動，誰敢過去？

博士說：「有誠意邀人參觀，也該把螺旋槳停下來呀！」可不是嗎？存心逗我們開心的。

小弟和若瑟擺出起跑姿勢，兩人正要衝過去，卻被人撞開，踉蹌退到我身邊。

那個精瘦的張記者和他的攝影師扛著笨重的器材，大步從我們中間擠過，小弟罵他：「怎麼可以插隊！」

「這是本臺的採訪直升機，特地來接我們的。我們要趕回臺北沖洗剪輯，駕駛員正在催我們哪！」張記者說：「謝謝你們的合作，今天的訪問，會在晚上九點半的特別節目播出，中視的，請你們按時收看。」

連直升機都出動採訪了，我們南澳大山發現野人的事，恐怕全世界都會知道吧？

「張先生！我們講的最後一段話，請你把它剪掉，好不好？好不好啦，我們會被罵死的。」博士叫道。

張記者和他的攝影師頂著旋風，彎著腰卻又大步往直升機跑去，他回頭說：「不會讓你們為難，我會剪輯的，請放心！」

他們爬上直升機時，那位美麗的陳小姐和英俊的李表哥也來了，說：「等一等，讓我們搭個便機！」

張記者卻在直升機上含笑揮手，說再見。直升機沒理他們，它搖擺兩下，拔地飛升，朝著大濁水河床飛走了。

陳小姐很生氣，柳眉像兩把劍高高揚起，她恨恨跺腳，對英俊的李表哥說：「他破壞我們三臺的默契！」

小弟也說：「太小氣了，停一下給參觀也不行，只會打灰塵，吵人，下次再來，我們統統不理他。」

那直升機留下漫天灰塵，讓我們一群人傻乎乎望著天空發呆。英俊的李表哥說道：「他明天一大早還會趕來，小張的招數我還不了解嗎？」

「真的？太好了，」若瑟興奮地對小弟說：「我們早一點起床，來操場等直升機，好不好？」

他們採訪新聞也有招數？我想，今晚的電視報導後，不知還有多少「探險隊」要帶另一些招數連夜趕來澳花村咧！

不過，只要我們澳花村的人都不上山，沒人帶隊去，敢入山摸索的隊伍，大概也不會太多；但這得先勸住我爸和管士官長才行。到現在，我怎還沒有勸他們不要上山的招數？

當博士、布都和我懶洋洋走回土地公廟，大吃一驚，才轉個圈回來，人群竟像細菌繁殖，至少又增加了一倍。遠看落帽橋那頭，還有一支穿紅色制服的隊伍，小跑步奔向我們澳花村。

北臺地的大拜拜和布都他們的中秋豐年祭，也沒這麼熱鬧，放眼看去都是陌生人。我家的雜貨店門口，堵了三、四十人，發生什麼事？

博士、布都和我哪敢再散步！

十多個人在我家門柱前的公共電話排隊，看來都像記者。抓住電話筒的人大聲講話，排隊的也大吼：「怎麼能占這麼久呢？先把稿子寫好，照唸就是了，怎麼可以想到什麼說什麼，沒完沒了？」「老兄，快一點行不行……」

我爸、卡車司機和他的四個朋友、歐米果、哈用、管士官長、村長伯，還有幾個陌生人在屋簷下談話。雜貨店裡人進人出，生意好得不得了，大概打破我家雜貨店創業百年來的單日紀錄了。

「阿堂呀！趕快進來，沒看我忙成這個樣子嗎？」媽站在椅子上，正在拿罐頭，她罵我：「跑跑跑，也不知留在家幫忙；看你老爸，只顧和人談天說地，叫他去進貨，半天了還站在那裡！」

博士和布都也擠進來幫我家做生意。買香菸的、鯖魚罐頭、速食麵、電池、乾糧……都是成箱成打地買；我們遞貨、收錢、找錢，像陀螺團團轉。忙歸忙，我媽可忙得來勁，又笑不攏嘴說：「你先幫我打電話到蘇澳，叫他們載三十箱速食麵、魚罐頭、鳳梨罐頭和乾糧各載五十箱，還有香菸……哎！不要媽交代，你已經不是小孩，自己看看，該叫什麼就叫什麼，快一點就對了。」

我排在新聞記者後面，等著打電話。

我們澳花村的氣氛，這些日子來，真像春天的氣候，本來應該是暖暖的太陽底下吹著和風，突然響起一陣閃電雷鳴，然後來了低氣壓，雨水停在烏雲裡，要落不落的；當我們正發愁，頭頂又露出一塊藍天來。

就像現在，大人們似乎打破了三個臺地的界限，頭碰頭地聚在一起談話。村裡到處有陌生人走動，三五成群，背著相機東拍一張、西拍一張，拍人還不說，連我們村辦公室屋頂上的喇叭也拍，好像我們澳花村是多麼有名的觀光區咧！

我爸從來不嚼檳榔，歐米果遞給他一顆，他竟然塞進嘴裡跟著嚼起來。我看了牙床發癢，對布都大喊：「櫥子裡拿一包口香糖！」反正這電話還有得等，塞一片在嘴裡，比較不無聊。

博士和布都過來陪我，嚼著甜滋滋的口香糖，好像專心在等電話，其實，他們不說我也知道，他們想聽大人們談些什麼！我連這個都猜不著，還是「三劍客」的一員大將嗎？

「野人的影子都沒看到，大家先翻臉，吵成一團，沒意思啦！」幫我家載西瓜的那個卡車司機說：「抓到了再說也不遲，是讓我們帶走，還是讓管士官長抓去送人？這要看誰身手好，誰先抓到。沒錯！

憑本事嘛！」

「說了半天，你們還是想把野人抓去當搖錢樹，這我打從開始就反對！」博士他爸說：「一點道理都沒有！」

「讓你那個人類學教授帶走，不也被切切割割嗎？這就有道理？說得好聽哦！」我爸朝水溝吐一口紅吱吱的檳榔汁，含含混混地說：「我沒有力氣再吵架，店裡的生意忙不完了。看這個情勢，明天一早非得上山不可，談也白談，誰可以用飛的、還是只能用跑的，都請便，等不及現在就上山的也請，反正，誰抓到就是誰的。」

「林老闆，我不帶你們上山，你們找得到嗎？」布都他爸說話了。

「哈用，你不必神氣，還有阿匠那個羅漢腳，我罵他兩句，看他敢不帶路？」我爸似乎真動氣了，又說：「我要讓你的酒蟲在肚子裡鑽，讓你睡不著。」

「林老闆，」布都他爸哈哈大笑：「請你放心，我已經一個禮拜沒喝酒，你看我的身體還好嗎？」說著，挽起袖子，把胳臂上的肌肉鼓得像個饅頭。

「你們怎麼回事！說兩句又要吵起來？」村長伯往他們中間一站，雙手插腰，罵道：「你們一個個都是我看著長大的，在我面前聽話一點，不要讓我回去拿枴杖，夯得每個人哎哎叫，說不通、勸不聽，你們眼裡還有我這個老牌村長？我不就你們選出來的嗎？」

聽村長伯這麼說，我差一點笑出來，我吞了口水，說道：「阿匠哥和護士小姐也不會帶路的。」

大人們轉頭看我，哈用和歐米果還移過來，和我們站在一起。我發覺排隊打電話的記者們也在看著我，有人掏出紙筆又開始寫了，真要命！我的身體忽然變僵，舌頭又打結了，被所有眼光釘住，一動也不能動。

博士結結巴巴地接口說：「山路很危險，普通人爬不上去，阿匠哥勸大家不要冒險，就當作沒發現野人。」

「難道護士小姐是女超人？她能到，誰到不了？」博士他爸板著臉孔，說：「你不要亂出主意，大人的事情，小孩不要管，管好你自己就行了。」

我爸的臉色也好不到哪裡，同樣是「你閒話少說」的神情。偏偏布都不識相，又說：「人這麼多，要是發生山難，有人掉下懸崖，腿斷了，頭破了，流血了，等救難的人來，也來不及了。」

歐米果朝地吐一口紅褐色的檳榔汁，「呸！」一聲說道：「布都，你講話要吉利一點，還沒出發，講這種話。」歐米果的國語夾著泰雅族話和日本話。歐米果站在我們這一邊，話意卻好像贊成大家上山抓野人似地，她是「中立國」嗎？

博士他爸說：「阿匠和護士不帶路，最好，大家都不要去，誰想逞能當英雄，自己去好了。」

「抓到野人，我也不會發財，不上山，我照做我的生意，不去就不去，誰稀罕啦！」我爸擺出「我不理人」的架式，又說：「我生意太忙了，還要去進貨咧！」

又是這樣反反覆覆、顛顛倒倒的變化，我實在不懂。我看博士和布都也是迷迷糊糊，否則，不早接口了？

10 阿匠哥不敢回憶的童年往事

大人們解散後，博士和布都被我留下。媽媽抽身去煮飯；小弟失蹤了，我想，他一定和若瑟到處去找新聞記者講話。博士和布都正好幫我照顧雜貨店，我們忙上忙下，手腳不曾停過，抽屜裡鈔票大爆滿，用力塞，也關不上，店裡的貨品差不多被買光了，剩下的最後一袋麵粉，也被村長伯回頭帶走，他說：「許多記者不回去，要在澳花村過夜，我們身為地主，怎可以不聞不問？」他對博士說：「你爸答應發動眷村的鄰居來幫忙，做饅頭請大家吃。對了，還有沒有綠豆？給我稱十斤，帶回去熬綠豆稀飯。」

這些話我爸也聽到了，卻沒表示拒賣。所以，晚飯端上來的時候，我就放膽邀博士和布都跟我們一起吃，沒想到爸卻狠狠瞪了我一眼，媽看見了，罵他：「大人爭吵，不要氣到小孩頭上去，別說他們幫我們採西瓜、做生意，就算是阿堂的好朋友，也該請他們吃頓飯。」

爸當然也沒話說了。博士和布都想走，被我硬拉住，媽乾脆特地幫我們打了一份飯菜，外加一瓶特大號的冰涼可樂，讓博士、布都和我，在屋旁可以看見落帽橋的木芙蓉下，另開一桌。

這樣的野餐也不錯，我們吹著涼風，邊吃邊談話，反而自在。

透過木芙蓉的枝葉，我看見北溪的溪床有人燒起一堆營火，過不久又一堆；再過不久又燒起一堆。

「有人來北溪露營咧。」布都說。

一點也不錯，不多時，五頂紅、黃、藍各色的帳篷搭起來了。博士、布都和我端著碗，起身看仔細，帳篷何止五頂，至少也有十幾頂！

我看見兩個小個子在溪床上走動，其中一個還背小孩，啊！那不是小弟和背著約拿的若瑟嗎？

他們領著露營的人，提大鍋子、小水桶朝北臺地走來。博士看了看，也說：「是他們沒錯，怎麼會在溪床出現？」我們三劍客丟了碗筷，跑去攔截他們。

小弟正指點露營的人：「就在土地公廟後面，那裡的水才能喝。那是土地公的水，喝了會保平安，明天上山抓野人才有力氣。」

約拿看見我，甜甜地叫一聲：「阿堂哥——」布都趕緊抱起約拿，把他的兩行鼻涕擦掉。我問若瑟：「你們不吃飯，到處流浪，為什麼把小約拿也拖來帶去？你們要把他餓得生病是不是？」

約拿卻說：「很飽咧，他們請我吃烤肉、香腸、黑輪，還有魚丸湯。」小手指比著小弟和若瑟。

「讓你們想到就太慢了，若瑟他爸早就煮山豬肉和香菇湯給我們吃，不相信？要不要看我們的肚子？」小弟說。他和若瑟、約拿一起把衣服撩起來，三人露出圓鼓鼓的肚皮，很驕傲的樣子。

村子熱鬧得這樣亂糟糟，看了半天雜貨店，小弟沒回來吃飯，我居然忘了，把布都家還有一個約拿也忘了。另外還有誰？對！護士小姐呢？整天沒看到她的白色制服晃來晃去，我趕緊問小弟，小弟說：

「她躲在衛生所打毛線，不想跟記者講話。我覺得她好怪，現在就打毛衣等冬天穿。」小弟又說：「我聞到蒸饅頭的味道，博士哥，你家有沒有蒸饅頭？」

博士點頭，說：「有！你想吃？」

「太好了。我去跟你爸要一、二、三、四……我們六個，再加我爸媽兩個，哈用一個、歐米果一個，我去跟你爸要十個饅頭。」

「小弟，你不要太過分了，不怕挨罵？」我說。

「他一定會送我的，要不要打賭？」小弟說：「每次託我買香菸、買醬油，還送到他家。」

博士、布都和我大笑，我家小弟有夠寶貝，我們搖頭笑著，任他去鬧吧。約拿聽了也不安分，在布都懷裡掙扎，想要跟去。

「小弟，幫若瑟把約拿牽好，不能跌倒。」

「路上沒陷阱，我們怎麼會跌倒？」

他們手拉手，蹦蹦跳跳地跑去了。順著他們的背影望過去，我發現學校操場的上空，也亮了一簇簇火光，難道操場上也有人搭帳篷？都是準備明天一早上山的嗎？我們心裡都明白，又擔心起來。

我們回到木芙蓉樹下，草草把一碗飯扒光，我到屋裡挑了一個大西瓜，在木芙蓉下剖成四塊。

「幾點了？」

「差十分七點。」博士說：「我們先去等阿匠哥，分開走，才不會被發現；三個人捧著西瓜太醒目了。」

博士捧兩塊西瓜直直往落帽橋走去；布都捧一塊，從木芙蓉旁的斜坡滑到北溪溪床；我朝土地公廟走一段，繞到廟後湧泉洗個手，手臂遮住西瓜，明知道阿匠的家就在廟旁，也不多看一眼，裝作沒事，慢慢晃過去。

我沒參加過童子軍露營大會師，不知會比我們北溪溪床上的場面還壯觀？看不清的人影在各個帳篷間走來走去，流動的溪水映著火光，像極了大濁水出海口的漁船，一艘艘停在海面上；招引魚群的漁火，從舷邊水底穿透上來，船上的人影，也是這樣看不清地走來走去。

聽說，漁夫下網時，雖然忙碌，卻不敢出聲，以免驚嚇了魚群；在溪床的探險隊卻有人彈吉他、有人唱歌，他們好像什麼也不顧忌，對明天獵捕野人的行動充滿信心。

我們想盡辦法，勸爸爸們不要上山，這事已有了一點眉目；但這一批陸續抵達的探險隊，誰能阻擋他們？

阿匠哥來了，隨後跟著關神父和莊小姐。

阿匠哥看我們捧著湯汁淋漓的西瓜，坐在落帽橋頭，似乎很驚訝。博士、布都和我比他更詫異，不是說好把西瓜切成四塊，怎麼又多來兩個人？

「我請你們在橋中央那個橋墩底下等我，怎麼坐在橋頭？不怕被記者們發現嗎？」阿匠哥說：「幹嘛又帶了西瓜來？」

「西瓜都給他們捧熱了，還能吃嗎？你們三個先吃掉，再到橋下去吧。」莊小姐說道，跟著阿匠哥滑下橋去。

手語實在行不通，我把橋墩看成是西瓜，差太遠了。博士、布都和我笑得咬不動西瓜，西瓜在嘴邊抹著，像吹口琴似的。

關神父穿著便服，行動俐落得像換了一個人，他說：「另外一塊西瓜給我，我幫你們吃。」還是神職人員心地善良，幫我們解決了一個大難題呢！這時，卻有人問道：「我有沒有一份？」

轉身一看，來人竟然是那個嘴腮邊長一顆黑痣的記者。他說：「不要這樣看我，我會很害怕。」

「你怎麼知道我們要來這裡？」

「這一點觀察、判斷的能力都沒有，能當新聞記者嗎？」他抽動著鼻翼，笑道：「用鼻子聞出來的，信不信？老實告訴你們，我整整跟蹤了四小時，你們在樹下吃飯；罵你那個跑去要饅頭的小弟；阿堂在土地公廟後面虛晃一圈，我全知道。」

「你可以去當間諜了。」我說。

「當間諜？我沒興趣，我只想採訪獨家新聞，交差了事。我都來了，你們該不會讓我空手回去吧？」

「我們沒新聞，都是舊聞，」博士說：「我們也不知道阿匠哥要說什麼？」

真的是這樣，阿匠哥用心安排，把關神父和莊小姐也找來，只是想躲開記者的緊迫盯人，找個沒人發現的地方談談心而已。

情勢的發展已經不是我們能控制的了，澳花村的人不上山，探險隊也會去；探險隊取消計畫，新聞記者也會去，記者們的招數很多，他們總有辦法逼得阿匠哥帶隊上山，這些，阿匠哥比我們更清楚。

我們坐在溫溫的石頭上，若能閒閒懶懶的，把全身肌肉放鬆，靜聽吉他聲伴著嘩嘩水聲，該多好？黑痣記者和關神父坐在一起，莊小姐靠著阿匠哥，博士、布都和我共坐一塊大石頭，這一整天，只有現在我的腦子才清醒些。阿匠哥抬頭看著皎潔的月光，問道：「今天不就是中元節嗎？」

可不是？今天正是七月十五中元普渡，應該拜拜的；但全村子忙亂得都忘記了。

「就是在外闖蕩的那幾年，我也從來沒有把這個日子忘記過，這陣子的生活步調真是一團亂，」阿匠哥說：「今天是我爸媽的忌日。」

博士、布都和我「哦」一聲。莊小姐說道：「阿匠，何必提這種傷感的事……」

「沒辦法，看見中元節的月亮，總會想起：父親在我十三歲那年的中元節去世，十五年後，我母親也在相同的夜晚走了。他們不只生下我，也是影響我最深的人。」

阿匠哥說：「我父親一生，都從這個部落到那個部落，他是個真正喜愛部落生活的漢人，一定是他把對山地的喜愛遺傳給我，讓我以為我是泰雅族人。他這個遺傳，曾讓我那樣快樂，也曾讓我痛苦，你們知道嗎？我在十四歲離開澳花村，在外流浪了十四年，直到我母親去世的前三天，才回來。」

關神父和黑痣記者靜靜聽著，博士、布都和我也不敢出聲。

月光下的阿匠哥苦苦一笑，他緩緩抹著額頭，按按太陽穴，竟笑出聲來，他說：「這些事，我從來沒向人提起過，今天不知怎麼了，在心裡放不住，真想講出來。」

「那就說吧，只要你自己不介意，隨你講。」關神父說道，把手掌托住下巴，我們也學他的樣子，這麼做。

「我的兒時玩伴，並不把我看作泰雅族，從小，大家都欺負我，他們要和我比力氣。小學三年級，大家到澳花瀑布的水潭玩，我被推到水裡，拚命喝水，掙扎著要浮起來，往岸邊爬，他們卻用樹枝把我推回去，我以為我會死掉，哈用帶頭叫著：『你很厲害，就不會死掉！』他們統統回去了，把我留在水潭裡。那天，我溼淋淋地一路哭回家，心裡只有恨，恨所有的泰雅族人，恨所有的人，我發誓要把身體練得像南澳山一樣強壯。」

「是我爸推你下水的嗎？」布都問。

阿匠哥還是笑著：「我們是同班同學，我是功課最好的人；哈用是身體最好的人，老師打他，他便打我出氣。」

布都低頭沉默，指頭在石縫裡畫著。

「我開始逃學，爬到茄苳樹上唱歌，看大家在教室上課，我們的吳老師帶了全班同學到樹下來，告訴大家：『阿匠是一隻天天唱歌的鳥，到了冬天，他就會從樹上掉下來。』」

阿匠哥仰頭望著圓滿的月亮，他說：「我真不明白，我媽怎麼能對泰雅族人這麼好？她是每個婦人的助產士，在大人生病的時候，又跑去幫她們煮飯、餵小孩，好像幫自己姊妹的忙，一切都是應該的。我心中有一把復仇的火，天天鍛鍊身體，等著有一天叫他們都服我。我母親卻這個樣子，最糟糕的是，我父親還支持她、鼓勵她這麼做。

「父親去世的前一年，我終於和他們大打一場，把他們一個個擺平了。大家是不是服我了？我的力氣勝過了他們，卻沒有得到友誼。大家只是怕我，並沒有把我當成他們一群。

「既然泰雅族人把我看成漢人，我只好出外流浪到漢人的社會。流浪的十四年，我幹過油漆工、鐵工、挑泥沙的小工、當過餐廳小弟、跑過報關行，至少換了三十種工作。但是，都市裡的漢人聽我說國語，又把我當外省人，外省人卻總問我：『你是哪裡的人？』哈！我真不知道我是誰？我真想不通，大家為什麼要這樣分，我不知道我的家在哪裡？」

溪床上的營火一堆堆熄了，輕揚的吉他聲卻仍然響著，我們四周灑滿了銀白的月光，清幽得不像我們澳花村的夜晚，至少是最近以來的夜晚。

「我像一個沒有國籍、沒有出生地、沒有名字、沒有身分證的人，一個飄蕩在曠野的靈魂。有一天，我流浪到高雄火車站，午夜過後，躺在候車室的長椅上，車站裡只有幾個疲倦的出外人，打盹的、緩緩走動的……」

我們聽到莊小姐強忍不住的啜泣聲，阿匠哥騰出一隻手，拍拍她的肩，莊小姐仰起臉孔，月光照亮了她的迷濛淚眼，她說：「早知道你的生活這麼波折，我會對你更好一點。」

「除了我母親，妳是對我最好的女性。但，萬萬不要因為同情我，而對我好。」阿匠哥說：「我拋棄家庭，在外流浪，也是自作自受，所有苦難都是自己找來的。那天晚上，我躺在長椅上，被人碰醒，迷迷糊糊看見一個原住民小孩，被兩個更大的孩子牽著，一邊走一邊好玩地拍醒打盹的人。在他們前面，是一個背著嬰兒的婦人，看來是他們媽媽。半醒半睡間，我聽見他們說的是泰雅族話，那媽媽喊著孩子：『伊牙累！』叫孩子們不要亂動。接著又有一陣急促的腳步聲，從後面追來，我看清那婦人的身影，整個人跳起來：我好像看見我的母親，提著兩袋熱包子，追趕來要遞給他們。我奔過去，在月臺邊，他們一起回過頭來，望著我，都在微笑……那個拎熱包子的婦人，並不是我母親。

「那天晚上，我在高雄火車站想了好多好多，看那三個月臺的鐵軌，好像看見我們澳花村的三條溪。我走在長長的月臺上，好像走回了澳花村，走一步，走到記憶最甜美的童年，和哈用他們快樂地玩耍；再走一步，是被欺負的小學時代，爸爸勸我要熄滅怒火，我母親安慰我，我卻討厭他們；再一步，我走到別人恨我，我也恨別人的少年，我看見自己把母親推開，讓她跌坐在土地公廟前，不顧她哭喊著。我身上帶了十塊錢，跑出澳花村。

「十四年的流浪，我也回過澳花村三次，因為想起我的母親，想她為什麼要對澳花村的人這麼好？想她為什麼那麼愚昧、又那樣慈祥得讓我忘不了。但是，沒有一次像那個在車站月臺的晚上，想得竟會心痛。我坐在第一月臺的水池邊，看自己的影子，也看見所有澳花村的人：那些小學同學幾位當了酒家女；留在家鄉的男生，無所事事，拖著被酒精浸透的身體，扶在檳榔樹嘔吐。澳花村看不出一點希望，我自己呢？

「在外闖蕩，說是有勇氣，說是很有志氣，其實，不把自己生長的地方當作家鄉，反而看不起它，羞於向別人提起它，到頭來只是拋棄了自己，落得是一個沒根的人而已。」阿匠哥慢慢說著，好像說著別人的故事。

「那樣厭棄自己家鄉的人，厭棄自己熟悉的土地，我得到了什麼？真的什麼都沒有，我曾為它付出過嗎？我曾想過為這個逐漸頹喪和敗落的家鄉出力嗎？水池裡淡淡的月光左右浮動，好像都在甩我的耳光。

「那些年，我在梨山、在清境農場看過由泰雅族人、閩南人和大陸籍的退伍老兵共同生活的村子，他們的生活好過澳花村十幾倍，他們分工合作，想辦法創造共有的明天，而且成功了。我們澳花村為什麼不能？為什麼沒有人帶頭來做？應該誰帶頭呢？

「一列火車進站，要開往蘇澳，我把那『流浪的包袱』放在水池邊，不帶走，跳上火車回來了。

「我母親好像早已知道我會回來。她得肺病，躺在床上兩個月了，昏迷好幾次，一直等到我回來的第三天才過世。那天是中元節，八年前的中元節。」

黑痣記者掏出香菸，遞一支給阿匠哥，我們知道阿匠哥從來不抽菸，這時卻接過手，讓黑痣記者幫他點燃。兩個紅色的火星在他們手中閃耀，阿匠哥吸一口，猛烈地咳嗽，啞著嗓子又說：「哈用已不是個強壯的獵人了，他看來比我老十歲。說是米酒害他，還是他害了自己？我想，社會在快速變遷，他的謀生技能失效了，沒人讚賞他的獵捕技術，哈用失去了信心，他覺得蹲在門口，賣食物和土產給旅客，是沒有男子漢氣概的事。老和平大橋沖斷以後，不只哈用，好像所有澳花村的人也不知道怎麼去改變生活，大家都失去信心。

「回澳花村後，我試種香菇、種木瓜、種佛手瓜和飼養羊群。每天清早出門，天黑才回來，所有澳花村的人都懷疑我是否能有成果。我很幸運，連著兩年沒有颱風到我們澳花村，香菇和木瓜大豐收，賣了好價錢，母羊也生了三胞胎，長得很漂亮。歐米果是第一個學我種香菇的人，驕傲的哈用是最後一個，第四年才跟進。

「這些年來，大家的生活都改善了，」阿匠哥說：「但是，從前那種互相研究、請教和團結合作的精神也漸漸鬆散。大家不愁吃、不愁穿，越來越為些小事爭吵，好像誰不跟誰合作，照樣能活下去。這次，大家對於『發現野人』的反應，三個臺地的分裂，讓我感觸很深……」

「有時候，大家還是很合作，」我說：「那天，好多人來幫我家採西瓜。」

「我們澳花村從來沒有小偷，最近，每家都打算砌圍牆，隔開來，各忙各的。解決了大家經濟上的問題，我卻不知道該怎麼解決其他的問題，連我自己也一樣，不夠堅強，竟然想逃，再去流浪；或者像那個人一樣，躲在澳花溪的山谷裡面，什麼事也不要管。」阿匠哥回頭望向黑濛濛的南澳大山，說道：「澳花溪真是一條美麗的河流呵！」

關神父深吸一口氣，緩緩吐出來，還是沒講話；莊小姐擰著白色的裙角；黑痣記者將菸頭熄滅；布都和我只能沉默，博士終於問道：

「阿匠哥，澳花溪流到哪裡去？」

「流到北溪來的，我們的北、中、南三條溪都從澳花溪流過來的。」

「真的？」博士吃驚，布都和我有些不相信：「一條溪變成三條溪？怎麼三條溪的顏色不一樣？」

「你是說不管走北溪、中溪或南溪都可以到野人的洞穴，可以到澳花溪？」關神父也很驚訝，他開口問道：「澳花村的人都知道嗎？」

「他們不會注意這種事，我敢確定，三條溪都是澳花溪分出來的。」

「很好，這件事應該讓澳花村的每個人都知道，」關神父說：「我們喝的水、灌溉的水、洗衣服的水，其實都來自同一條溪，這很有意思。」關神父拍掌大笑，又說：「阿匠，你敢確定，我就跟大家講。」

阿匠哥肯定地點頭。

博士說道：「為什麼不帶大家去看一看？」

「看一看？那不就找到野人住的地方了！大家會傷害野人，這怎麼可以？」莊小姐大聲說道。

阿匠哥把頭低下，在石頭上畫了三條線，再仰起臉孔，看著大家：「讓大家親眼看看三溪同源，雖然有些冒險，但是比起讓溪床上這些人和新聞記者入山亂闖，不如讓我們面對現實，有計畫地帶大家進去。」

「阿匠，你怎麼會說這種話？」莊小姐罵他。

「這件事經過安排，反而對他比較安全，對澳花村的人也好。」阿匠哥說：「分北、中、南三路進去，我帶管士官長他們南臺地的人；請哈用和關神父帶領中臺地的泰雅族人；妳認得北臺地的路，就請妳帶他們沿著北溪上山。不過，哈用和莊小姐這兩支隊伍，不能比我快到達，這樣可以嗎？」

「糟糕，剛才已經勸我爸不要入山了。」我叫起來。博士也跟著說：「我也勸我爸不要進去，好不容易，他也說：『這件事我不管了！』」

關神父說：「再回去勸他們，一定要去。」

「會被罵得很慘，」我說道：「我爸會罵我頭殼歹去！」

「這要請你小弟幫忙，這種事他很厲害，」博士說：「他一定可以說動我爸，你不知道我爸多欣賞他，每次看到你小弟都讚美他人機靈，又有領導才華，說他長大後，可以去當參謀官，要當將軍也可以。」

「有像他這種將軍嗎？」我想想也不能不承認，小弟真有他一套的，他哄我爸媽的技術，我總學不來，這時派他出場，我想，成功的機會很大。

我問布都：「你爸那裡，要不要也派我小弟去？」

「當然要，關神父不必勸他，只要你小弟和若瑟兩個人就夠了。」

「他們實在很厲害，真會討人喜歡。」我嘆了一口氣，又想起「探險隊」和新聞記者們，尤其是那三家電視臺的記者，他們要跟哪一隊入山呢？

黑痣記者知道後，說道：「這讓我來安排，」好像他也是澳花村人似的，「至於我，不知有沒有榮幸跟隨莊小姐，可以一路保護她，而且，換個角度來報導『野人事件』。」

莊小姐淡淡一笑說：「我的醫藥箱很重，你背得動嗎？」

「背不動，還可以請這位青春少年兄阿堂幫忙。」

「我？你對我真好，把我也扯在一起了。」

「時間不早，還有許多事要準備。發動三臺地的人入山的事，請『三劍客』去進行，成功後，到我玻璃窗敲三下。」阿匠哥起身，說道：「謝謝你們，這麼有耐心聽完我的故事，我說出來以後，心情好多了，好像一切又有了希望。」

布都說：「我很喜歡聽，請你以後多講，好嗎？」

11 勸三臺地村人同入山

回村子的第一件事，要先把小弟和若瑟找來。

我和小弟相處九年，從他在地上爬、學走路、尿褲子、迷路，到他現在這種生龍活虎的樣子，九年來跟他睡同一張床，卻還不太了解他的脾氣。他的為人有時很隨和；有時又彆扭得不得了，不要他囉唆，他偏要插手，真正要他幫忙，卻抵死也不理；才回頭，他又幫我洗球鞋（我最討厭洗球鞋了）。總之，小弟令人討厭又喜歡，非常難纏。

這件事，雖然估計有八成把握，但還得好好跟他商量才行。

我家門口仍有一群人沒散去，他們正拉著脖子、踮腳尖看電視。

博士、布都和我擠進去，看見小弟、若瑟和約拿把整個大西瓜當椅子，坐在最靠近電視機的前排，三個人都拿著饅頭，邊啃邊看。

電視裡出現的不是別人，正是精瘦的張記者！

博士、布都和我趕緊在西瓜堆裡蹲下，注意看著：張記者站在土地公廟前面，鏡頭一轉，電視裡出現博士、布都和我正慌張地逃跑，我看我邊跑邊回頭的樣子，實在太……太狼狽了，真難看！張記者接著說：「能不能找到南澳大山的野人呢？澳花村的分裂會有什麼樣的進展呢？下週的中視《九十分鐘》將有進一步的深入報導，請在下週同一時間繼續收看《野人驚動澳花村》！」

「演完了！他們『三劍客』當電視明星了，」小弟站起來伸懶腰，他發現博士、布都和我就在他身後，一對眼珠子睜得就快跳出來，對著滿屋子的人叫道：「就是他們！剛才那三個男主角就是他們，一模一樣對不對？」忙把我們拉起來，扳正身體，面向大家。

新聞記者和鄰居的大人們看得哈哈笑，小朋友們還鼓掌鼓個不停咧。小弟說這種話，不是太幼稚了嗎？

博士、布都和我使個眼色，一起轉身，我抓住小弟，布都抓住若瑟，博士將約拿抱起來，往外走。

「這麼晚了，還想去哪裡？」媽問道。

「講幾句話就回來。」才走出門外，約拿比著腳丫哎哎叫，他的拖鞋掉了，我只好回頭找，在他坐著的西瓜下，把一隻拖鞋撿到。我這才發現，爸一直坐在他的籐椅上，直看著我，那種眼神真奇怪，不是生氣也不是高興，說沒事卻又好像有事，我說不上來，再往外走，爸也沒叫住我。

「剛才的電視節目，爸全看了？」我問小弟。

「從頭看到尾，比我還專心，一句話也沒說。」

我想，糟糕了，這事恐怕很難辦。不知爸心裡想些什麼？要是他真的生氣，再找小弟勸他入山，這不存心讓小弟去討挨罵？這未免太殘忍了。

博士把最新狀況告訴小弟，小弟和若瑟聽了很興奮。

「不必鼓勵啦，只要我們說兩句，他們就會說：『好，沒問題。』

要不要打賭？」小弟問道：「你們『三劍客』在變什麼魔術？本來說

好一起去替阿匠哥報仇，一下子叫每個人都不要去，現在又說拜託大家去。」

「拜託你不要問這麼清楚。」

「好，我不問，但你們要原諒我跟若瑟，」小弟說：「剛才，你們在電視裡表演，我看呆了，若瑟和約拿也看呆了，忘記去找你們回來看，你們不能生氣。」

「不會啦，」博士、布都和我聽得好笑，輪番按一下小弟的頭，我小弟實在有點可愛的。我問：「爸看了有沒生氣？」

「不知，沒說話。」小弟說：「怕什麼？你們又沒說謊，全是老實話呀，要是害怕，為什麼不先躲回家睡覺？」

說得有理，我真有些累了，早睡早起，明天好上山。約拿趴在博士的肩上睡著，口水淌了他一肩，布都把他抱回去，我交代小弟和若瑟：「你們趕快去辦事，成功後，記得到阿匠哥的玻璃窗敲三下，別太用力了，把玻璃敲破。」

博士跑步回家，我從木芙蓉旁繞到後門去，小弟在背後說：「趕快，我數到十就要出發了。」小弟就是這樣，神氣的不得了。

我躺在床上伸懶腰，打滾翻，感覺全身每塊肌肉都腫脹痠疼，無一處可以安穩平躺。這一天，都在村子裡兜轉，沒幹粗活，沒搬一個西瓜，卻也累成這樣子，好像誰在我身上繫了許多繩索，拉手、扯腳、綁胸、扭頭，到後來繩索亂成一團，把我緊緊綑住，等我掙脫出來，全身鬆綁了，才覺得隱隱作痛，渾身不自在。

玻璃窗外，不時有閃跳的火光舞動著，人影晃過來又晃過去，我瞇眼看著，不禁打呵欠。就在我快闔眼時，玻璃窗上出現兩個交頭接耳的人影，他們的國語非常標準，其中一個，聽來是那「李表哥」的聲音。

他說：「小林，根據我剛才得到的最新消息，發現野人的阿匠要帶士官長一批人走捷徑，我已經跟阿匠談好了，今晚在他家打地鋪，你抱好你的攝影機，記得把後門守好。我守前門，警覺性要高一點，不能讓阿匠把我們『撇』了。」

「我知，你放心好了。我恨死小張，叫直升機來？有本事明天再開來呀，看他敢不敢在山谷空降，」那個叫小林的攝影記者賊賊地暗笑：

「看他掛在樹頂，讓猴子抓癢，總之呀，明天讓他吃癟，就這一句話。」

在這同時，我媽帶了那美麗的陳記者。我在暗處看得很清楚，她們躡步到我房間門口，我媽說：「妳在這裡講好了，沒有人會聽見。」

我翻動身子，把那陳記者嚇一大跳，「哎」叫一聲，整座電話摔落在地：「有個人！」

「別怕啦，那是我家阿堂，已經睡著了。」我媽說：「妳有事快聯絡，別再把我家電話摔壞了，陳小姐，妳要不要開燈？」

「不用了，我隨身帶了手電筒，」陳記者神祕兮兮地開始撥電話。

我悄悄轉動脖子，看玻璃窗外的人影沉縮下去，只露出兩個頭頂尖，動也不敢動。隔一片木板牆，我可以聽見把耳朵貼在牆上的「李表哥」

和那小林的呼吸聲。陳記者撥完電話號碼，手電筒的光束朝我床鋪照了照，低聲問道：「阿堂，你睡著了嗎？」

我哪敢應聲？身子僵直，像給三寸釘釘牢一般，閉上眼睛，眼皮卻不停掀動。

「喂——新聞部，」陳記者說道：「我是阿卿，我剛才得到最新的消息，澳花村的哈用和關神父要帶一批泰雅族人上山，我明天一早跟他們走。哈用的五、六代祖先都住澳花，這裡的山區沒人比他更熟。安全？請放心，我們可以環球採訪，這不算什麼，只要馬上幫我們送登山裝備來，一切沒問題。」

電話那頭「嗡嗡」說著，陳記者忽然驚叫道：「太好了，派一架來，別讓那個小張神氣。這件事，我們新聞部的人都準備好了？沒關係，下一波的新聞，我們會搶先。」

牆板外，「李表哥」和小林記者的呼吸聲轉為急促，像鼓動的風箱一樣清晰，我真怕他們被發現呀！

陳記者通話完畢，放了電話退出房間，在房門口，她的手電筒又朝我照了照，問道：「阿堂，你睡著了嗎？」她看到滿意，才離開。

她走後好久，玻璃窗下的兩個人頭浮上來。

「這阿卿厲害，哪裡蒐來這小道消息，我們的有沒有問題？」問話的是那個叫小林的攝影記者。

英俊的「李表哥」說道：「我們要有信心，那小弟沒理由欺騙我們，問題是，他們公司準備派一部什麼來？」

「直升機？一定是直升機！」

「你猜對了，我們應該向臺北申請緊急支援。要拚大家拚，怎可以落後？走，我去打電話，你幫我把風。」「李表哥」著急得聲音發尖，都走調了。

我的手心像水洗過一般濕淋淋，摸摸汗衫，也濕了。我想，剛出道的蹩腳間諜，大概就像我這樣子，嚇得四肢僵硬，只差沒叫出聲來。直等他們離開好久，我才嚥下口水，但呼吸卻始終不能恢復正常。

12 來自媽媽遙遠的呼喚

我是被颱風颳醒的。

玻璃窗顫抖得彷彿要整扇掀下來，我的床鋪也搖動著，木芙蓉拍打著牆板，又旋成一束。一朵黑雲飛過窗前，天色暗了半邊。

「小弟，小弟，你還不醒！」

小弟睡成大字型，棉被蒙住頭。我掀開他的棉被，他卻馬上彈起來，伸手就拉開窗，還把頭伸出去，我來不及擋他，他叫道：「直升機來了！」

我們跑到馬路，看見一架直升機在我們頭頂；另一架已經飛到學校大操場，準備降落；還有一架正從大濁水河床火速飛來。它們的螺旋槳聲比響雷還要兇幾倍，一波波的旋風把我家屋頂、把教堂上的十字架都要捲走了。我和小弟蹲下，雙手貼住地面，身子卻浮起來。

颱風，也沒有這三架直升機來得嚇人。

我看馬路兩旁，有人抱土地公廟的石柱；有人抱茄苳樹；大部分的鄰居都躲在屋簷下仰頭傻看，只有一個人，很神勇地跑上馬路中央，半彎腰，向前衝去，搶灘攻擊的戰士也不過如此。這人是誰？

小弟看見這個場面，怎能按捺得住？讓這人在他面前要勇！我擔心他會不顧安全，拔腿去和人比高下。趕緊抓住他手臂，這一抓，卻落空，我身旁根本無人。

再看仔細，向前跑去的人不正是小弟嗎？他喊著：「衝呀！」踩踏風火輪一般，呼嘯而去。

博士和布都在村辦公室的臺階上招手，他們張嘴叫喊，我卻聽不到聲音，彷彿所有聲響都被旋風捲往操場，鑽進樹叢，變成水花，再和那些驚慌不定的灰塵混合成像一捲捲波浪，向四方擴散開來。

我蒙住耳朵，迎著滾滾風塵，像坦克車迂迴前進，坦克車的行動雖笨拙，但它體型龐大，聲勢驚人，我卻慌慌張張地悶聲不響，要是有記者好事，幫我拍照，樣子一定很難看。

三架直升機把在操場露營的人嚇得逃難似的，拔了帳篷就跑。我們擠在茄苳樹後躲風沙，探頭看去，最後降落的那架直升機，螺旋槳還沒停止，便跳下人來，又是那個精瘦的張記者，他氣嘟嘟地誰也不理，只顧跑。

我小弟和若瑟真不識趣，還迎向他，指天畫地對他嘀咕說話。風沙剛靜止，校門口湧進一群看熱鬧的人，我們澳花村的所有老老少少倒是沒膽量，只敢在圍牆邊擠著看。那些登山隊、探險隊的外地人，約好了似的，全擺出雙手抱胸、聳著一肩的相同姿勢，站在跑道上。這時，美麗的陳小姐和英俊的李表哥笑嘻嘻從我們身旁跑過，陳小姐說道：「有時星光，有時月明，昨天讓小張耍了一招，今天，大家都有一架天上飛的。在地上，就看誰有本事採訪得最深入、最快速了。」

「我同意，」李表哥說：「除了深入，還要精采、確實，你說對不對？」他轉身向那個扛了攝影機的記者，說：「畫面的說明性也是重大關鍵。」

精瘦的張記者領著小弟和若瑟，又回直升機。人影晃動，我看不清他們做什麼，趕緊拖博士和布都跑出茄苳樹下。

小弟和若瑟像左右護法，一個背錄音機，一個扛攝影機，在張記者兩旁搖搖擺擺。他們翹著下巴，又走過來了。

最可笑的是，當他們走過博士、布都和我身旁，竟像不認識我們。他們和張記者有說有笑，逗得他一臉表情笑嘻嘻，連兩道眉毛都豎起來。

這就奇怪了，我們趕緊跟隨在他們身後。張記者壓低嗓子問道：

「小弟，你提供的消息可沒錯？好！萬事拜託，我就跟你們走，但是，這消息不能再告訴那兩個人。對，就是那兩個。」

張記者發現博士、布都和我緊跟在後，大叫：「你們是誰派來的？」

小弟和若瑟，這時總算看了我們一眼，小弟說：「沒關係，這三個人很乖，不會亂講話，你不必害怕。」

聽聽看，這是什麼話？這口氣分明是長老或頭目對晚輩說的話。小弟的人緣好，交際好，也有一點小聰明，這些我都承認；但我畢竟是他正牌的哥哥！我很生氣，才要對他大吼一聲，誰知被他一掌掃開。

「安靜，不要講話，」小弟雙手張開，像樂團指揮：「聽，村辦公室有廣播！」

「布都，布都，村辦公室有你的長途電話。」

直到播報三遍，布都才聽清楚，拔腿跑出校門。

「誰大清早打電話？」

「有什麼要緊事？」

我和博士跟著布都跑，背採訪裝備的小弟和若瑟竟然也跟過來，跑得像兩個搶劫犯，這把精瘦的張記者嚇壞了，他哇哇叫著：「別跑，把裝備還我。」

一群人擠在村辦公室裡聽電話，布都把聽筒貼住耳朵，他對電話叫著：「媽媽，媽媽！」一邊又對若瑟說：「趕快回家，把約拿抱來。」

我和博士湊近布都耳後，聽著來自遠方的微細聲音。

——布都，昨天在電視上，媽媽看到你們了，媽媽一直看，怎麼沒看到若瑟和約拿？

「報紙上有，不知什麼報，」布都說：「約拿在睡覺，若瑟去抱他來。媽媽，妳好嗎？」

——媽媽在桃園上班，媽媽每天都想你們，有一點點愛哭。你爸還每天喝酒嗎？他有沒有打你們？

「爸已經一星期沒喝酒了，他沒打我們，他常常在想妳，我們都好想媽媽，媽，妳幾時回來？」

——布都，你已經長大了，你會照顧弟弟。媽媽在這裡有一點點辛苦，很想你們，媽媽也想回去（電話裡忽然沒有聲音，停了一會兒），南澳大山那個人，我聽你爸說過，不像報紙寫得這麼可怕，不知是不是同一個人。人太多，你要把若瑟和約拿看好，好不好？媽媽的銅板快用光了，若瑟跟約拿呢？

「他們都很乖，很想媽媽。」布都說著。這時若瑟背著約拿，飛一般地跑到電話旁。布都教他們叫「媽媽」，若瑟喘得像個風箱，發不出聲音，叫不出來。約拿乖，他湊近電話，甜甜地叫著：「媽媽，約拿想媽媽。」

我聽見電話裡微小的聲音，一迭聲叫喚約拿，電話就斷了。約拿卻不知，還一次一次地叫媽媽，若瑟也不知，他喘過氣來，也靠近電話筒，說道：「媽媽，過幾天就回來好嗎？爸爸喝很少的酒，林老闆不賣給他，他天天上山採香菇……」

博士和布都也知道電話斷了，卻仍然抱著約拿，讓他不斷地甜甜叫著。我大聲說：「一定要叫那個黑痣記者替布都他們多拍幾張，登在報紙上。他要是不肯，別想跟我們上山！」

我不知跟誰在生氣，竟越說越大聲，好像吵架一樣用力，把若瑟和約拿的叫聲掩了過去。

13 三路兵馬抓拿特級獵物

上山的隊伍，兵分三路。

澳花村像出征士兵的集合場，各路領隊，忙著招呼自己的隊伍，比速度、比設備，當然也比精神。婦人帶著年幼的小孩在路旁眼巴巴望著，氣氛有些緊張，也有些興奮，這樣的喧譁中又看得出各有各的秩序。

《熱線追蹤》的「李表哥」跟隨阿匠哥、管士官長和他的「人類學家」朋友，還有博士，一行二十幾人，計畫從南溪出發。

華視那美麗的陳記者跟著哈用和關神父，還有歐米果那些中臺地的人，由中溪出發。布都他爸不肯讓約拿上山，若瑟又不肯留下來照顧他，布都只好背著約拿留在人群裡觀望。布都走去南臺地，一定是去找博士講話，不久他又背著約拿回來找我，他說：「阿匠哥和博士他們會盡快趕路，你要把北臺地的人拖慢一點，我也告訴若瑟了，叫他一路裝腳痛，讓我爸走慢些。我在村子等你們回來。」

莊小姐為我們北臺地帶路，還有黑痣記者和中視《九十分鐘》節目的張記者隨行。我爸和司機為這事很不高興，嘀嘀咕咕暗罵阿匠哥，罵他「胳膊朝外」，跑去南臺地帶路，竟派了這個「兩個孩子恰恰好」的護士小姐，她不需人攙扶已是萬幸，能觀前顧後地帶路嗎？

那些「探險隊」的人，南奔北跑，不知跟誰走才好。直到北、中、南三路人馬開拔了，他們又慌張地找一隊跟上。沒一支「探險隊」敢跟隨我們走，三、五支跟布都他爸爸走，其他的全跑到南溪隨阿匠哥上山。

莊小姐的醫藥箱果真讓黑痣記者背著，我們跟她沿著混濁的北溪溪床往山上走。

涼爽的山風一陣陣從山谷吹下來，營地留下的塑膠袋、寶特瓶和舊報紙也隨風翻滾，原本乾淨的溪床，像一片垃圾場，髒亂得我都認不得了。莊小姐非常生氣，告訴黑痣記者：「這些人到山裡來，只會製造垃圾，只會吵吵鬧鬧，請你報導這件事：我們不歡迎這種客人。」

莊小姐請大家將垃圾收集一堆，準備放一把火燒掉，她細細挑撿，似乎還想分類，做資源回收，分可燃物和不可燃物。撿著撿著，我爸爸說話了：「莊護士，請妳好心一點，要撿回來再撿，它們不會被別人撿走的。我們要趕路，沒這個美國時間啦！」

莊小姐彷彿沒聽見，非得將所經之處的垃圾撿乾淨不可。卡車司機和他聘請來的「獵捕專家」們，只好彎腰幫忙；一把火將垃圾燒了，還等餘燼完全熄滅，莊小姐才放心開拔。

我們轉往採石場的產業道路，開始了艱苦的登山。《九十分鐘》的張記者，在我後面急呼呼地喘氣，他戴一頂紅帽，手持對講機，腰間插一把看來很眼熟的柴刀，腳趿一雙高筒黃雨鞋。那位跟在他後面，扛著攝影機的記者沒叫喘，這張記者卻先說了：「這雨鞋夾腳，早知也不向老闆娘借來穿，」他又朝對講機呼叫：「陳先生，你看見我們在半山腰嗎？飛機隨時要用，請密切保持聯繫，通話完畢。」

這時，我才看清楚，他腳上的雨鞋，不就是我去年穿不下的那雙嗎？他腰間那把晃盪的柴刀，正是我家灶炕前那把。是誰告訴他雨鞋可以避蛇？害他受罪！那把柴刀鈍得砍手不傷，他帶來也累贅。我從來沒見過這種打扮的人，不敢多看，再看就要笑不停。

我們沿產業道路在山腰盤盤繞繞，走了半小時，聽見噗噗的車聲從後面追來。我爸和張記者最先停下來，他們面露喜色，探頭看著，張記者還說：「有救了。」

不久，來了一部黃色推土機，它的樣子很笨重，跑起來卻聲勢驚人，比坦克車還快。我爸趕緊招手攔車，一行十幾人，統統坐上前座的大鐵杓，只剩莊小姐、黑痣記者和我沒上車。

這推土機趕早要上採石場工作，看我們要上不上，不肯多等，直按喇叭催促。

莊小姐輕聲問我：「搭車會不會太快了？」

搭車當然快些，不過既然大家都上車，我們偏要走路，實在也說不通，要是被看穿心思，恐怕更麻煩。

我爸罵道：「阿堂，你怎麼了？推土機一鐵杓挖個一兩噸還穩得很，你比老爸還怕死，不敢上車嗎？」

張記者笑那黑痣記者：「採訪新聞還有嫌快的嗎？你不要讓我笑

得滾下車。」他舒服地躺在鐵杓裡，脫下雨鞋，輕柔地按摩腳趾，揉得兩眼笑瞇瞇。

怎麼辦？我們只好也爬上推土機的大鐵杓，挨擠成一團。

在車上看山景，又是另一番氣象。

我特別留意山崖下的澳花村三溪，它們像黃、白、綠三條絹帶，各往南澳大山鋪進去，越往山窪，相隔越遠；我們坐著的推土機再轉幾個彎，那條南溪竟然還不見了。阿匠哥怎說三溪是同一個水源呢？

我看遠處對山岸，有一隊人在林間小路穿行，忽現忽隱，猜想該是哈用和關神父他們。精瘦的張記者也發現了，他很高興：「我選擇這支隊伍是很英明的。新聞記者的特長就是消息要靈通，兩腿要勤快，這兩者的基礎就是反應要靈敏。我這人不靠臉孔吃飯，最大的本錢就是，對，靈敏。」

黑痣記者沒理他，用他的「傻瓜相機」東拍一張、西照一張，又在他的小冊子上寫些沒人看懂的字。

幾次繞過山彎，我們坐著的大鐵杓就懸空在山崖外，莊小姐驚叫連連，我當然也害怕，只是沒叫出聲，其他人靜悄悄，不知是否和我一樣。

推土機開到採石場外，放我們下來。大家伸手張腿，擺頭彎腰，彷彿都在檢查身上哪塊骨頭給震走了位置。笑聲賊賊的張記者，發現採石場有塊空地，足夠直升機降落，高舉對講機又呼叫：「小紅帽呼叫老鷹，請老鷹到採石場來。」

他責怪我們沒告訴他，山頂可以降落直升機，莊小姐一句話頂回去：「你這麼早上來幹嘛，沒有本姑娘帶路，你走往哪裡去？」

「妳可以跟我一起先上來呀。」

「我跟你，其他人你就不顧了？」

張記者看著眾人，只好說：「觀音菩薩，我給妳念佛號，念一萬遍，跪拜一〇八禮，請妳行行好，快快普渡眾生，帶我們直達佛土吧！」

從採石場到阿匠哥的香菇寮這段路，我和博士、布都來過幾次，掩藏在草叢和樹蔭下的小路，雖曲折溼滑，並不陡峭，因有阿匠哥時常走動，路跡也很清楚。

走著走著，莊小姐、黑痣記者和我居然落在隊伍後面，其他人跟著我爸和卡車司機，急步邁去，消失在樹林裡。

我們又走了半小時路程，來到阿匠哥的香菇寮，莊小姐察看寮下路肩的草叢，她說：「他們走錯路了。」

我爸帶隊的一行人，一定自作聰明，順著清晰的路跡往前走，他們這一去，不知多久才知道要回頭咧。

莊小姐帶我們往岔路斜坡滑下，坐溜滑梯一樣，一傾身，跌跌撞撞下降了三、四十公尺，落到一塊平臺上才止住。再下去半個山腰，是一條清澈的湍流，眼光翻過對岸山頭，隱約又有一條溪流，巨大溪石上的水花飛濺，聲響清脆。

黑痣記者的問話，也正是我想知道的，他說：「底下這條河流還是北溪嗎？」

「沒錯，北溪在採石場的上游，就是這樣清澈，溪水甘甜得不得了，我來過一回的。」莊小姐怎麼這麼熟悉、這麼權威，她說：「我們到谷底那塊大石休息，等他們回頭；那個人在那塊大石坐過。」

黑痣記者的肩膀歪了一邊，我將那醫療箱接過來，像書包一樣背著。我們一路抓緊雜草往下滑，又滑了三、五十公尺，才到溪邊。

一股涼氣從水面拂上來，我抖動衣服納涼；黑痣記者用冷毛巾敷他的肩膀；莊小姐潑水洗臉，還捧了一大口喝下。他們相偕跳到那塊大石坐下，我一個人留在岸邊。「阿堂，」莊小姐向我招手：「喝口溪水，過來歇腿。你害怕什麼？」

我只好跟著跳過去。「離野人的洞穴不遠了嗎？」

「還有一半路程，難走得多。」

河谷兩岸有枝葉茂盛的老樹交錯，像一座高大深邃的山洞。水聲、鳥聲和風吹枝葉的聲響，是一種喧譁的寧靜。熱汗冷卻了，我覺得有些涼意，雖說還有一半路程；但我彷彿可以看見野人在水面的倒影，甚至，聽見他的呼吸聲。

「希望阿匠能順利趕路，最早到達洞穴。」莊小姐說道：「我實在很擔心，不知到時會有什麼狀況，聽說有人帶獵槍、帶套繩，真的，我想起來就害怕，不敢想下去。」

我想：要是我們控制不了情況，說不定有一場大混戰，特種獵物的野人受傷，或死了；南、北臺地的人為了爭奪野人，相互打鬥，動用所有大小武器。會是這種混亂的場面嗎？

我突然想起來，小弟呢？沒見他跟我們走，難道他留在村子裡？不可能！他到哪裡去了？我居然又徹底把他遺忘了。

我聽見爸爸的聲音，他在崖頂上叫著：「找到了，找到了，三個人在谷底。」

黑痣記者向他們招手。一群人像一顆顆芭樂，接連從山路急速滾下來，最先降落溪岸的竟是小弟和若瑟！

小弟叫道：「好倒楣，走了一大段冤枉路。」

我爸提著他們衣領，讓兩人跳芭蕾舞似地豎高了腳尖。爸說：「我們好比大兵在後追趕，一路快走，翻過兩座山頭，碰到一面山壁，再也沒路。那山壁下有個洞穴，我們閃躲開來，洞裡卻鑽出這兩隻！」

爸說：「想想他們膽子有多大？趁人沒注意，今早搭了第一部推土機，帶一把彈弓就要上山抓野人。我的膽子在澳花村算是最大的了，今天，輸給這兩隻，差一點還被他們嚇死！」

「你們怎麼可以這樣？」我問道。

小弟說：「誰叫你們慢吞吞，」小弟掏出一只口哨，說：「我們什麼都不怕，遇到危險，我們會吹哨子求救呀。」

一群人趴在溪邊喝水。卡車司機帶來的三位「獵捕專家」，對著一塊半人高的圓石一再撒網練習，撒了幾次，還推選一位長手長腳的人，由他「主攻」，等野人被網住，其他人便上前捕捉。莊小姐非常生氣：「不可以亂來，沒經過我同意，誰都不准有攻擊行動。」

「真的嗎？」長手長腳的人挑動眉梢問道。

「當然，要是大家不願意，我們今天的行程到這裡結束。」

「你這個小姐真神氣，好了吧！」

張記者是最後一顆從路頂滾下的「芭樂」，他連滾帶翻，人到溪岸時，已變形了。最辛苦的是那扛著攝影機的記者，他用細藤將攝影機綁在胸前，好像護救阿斗的趙子龍，下到谷底，臉色更難看。

我們在大石上已經休息半小時，就要出發了。張記者說道：「拜託，讓我收收魂，喘口氣吧！」他氣若游絲，都快說不清楚了；但那些「獵捕專家」不同意，堅持繼續前進，張記者只好又叫嚷：「等等我呀！等等我。」

往前的山路，果然更崎嶇難走。

我們忽兒走在溪床，涉水而行；忽兒又爬上山岸，在綠蔭下劈草前進，山谷的陽光短促，這些少有人跡的山路，更飄著水霧和腐葉的氣味。來到第二層澳花瀑布前的一處山凹，有個眼尖的「獵捕專家」發現幾棵傾斜的樹幹長滿了野生蘭花，幽蘭的清香，同時也把大家吸引住了。

眼尖的「獵捕專家」卻大叫一聲，撲了過去，他說：「我先看到的，這些都是我的！」

其他人怎會服氣？我們眼看三位「獵捕專家」就要吵起來了，莊小姐一腳跨出去，說：「我不准！你們這些人到山裡來，看到什麼就想抓，就想挖，統統想帶回家。請問，你們給了南澳大山什麼好處？為我們澳花村造了什麼福？你們憑什麼採蘭花？好！真要採蘭花，我們今天的行程，就到這裡結束。」

「好呀！結束就結束，我挖個幾十棵賣些錢，也夠本了。」

莊小姐氣得說不出話來。卡車司機開口，他說：「忍一忍吧，不要因小失大，後頭那個，至少也賺它個三、五十萬，算了算了。」

我們的隊伍在翻過第二層澳花瀑布後，越拖越長。莊小姐、小弟和若瑟保持領先；我和黑痣記者，還有三個「獵捕專家」在中間，我猜想，張記者一定落在最後，他一路呻吟著要休息；一路抱怨直升機開不進來，抱怨沒把機身再改得小一點，一路又說夢話似的，說那溪水拿來泡杯黑咖啡，不知有多香，他嘮嘮叨叨，沒完沒了，可沒人理他。

黑痣記者沿路拍照，不停在小冊子寫字。我們又這樣走了一小時，不知爬了多高的山，只覺得越來越喘，眼前漸漸閃跳著金光，我實在不能想像，瘦弱的莊小姐曾經在這路上來回走了幾次，是不是她們當護士的人，都這樣有愛心、有耐力？

我和黑痣記者低頭走過一片茂密的樹林，來到溪邊。莊小姐停在一顆大石上休息，她急急向我們招手，似乎發現什麼，我們慌張奔去會合。

她壓低嗓子對我們說：「再過不遠，三條溪就會合了，叫做澳花溪，你們注意聽——」

我豎起耳朵，聽。

風吹樹搖、鳥叫、溪水沖刷岩石，這些聲響，一路不斷，沒什麼稀奇啊？我再聽，隱約又有鳥叫和溪水聲從隔壁山頭傳來；我再細聽，竟有人聲交談！

莊小姐對我說：「不管是阿匠還是哈用那一隊，都讓他們先走，我們休息一會兒，等後面的人到齊。」她又告訴小弟和若瑟：「張記者少走山路，大概累慘了，你們應該去解救他。去吧，乖——」

小弟和若瑟商量了半分鐘，說道：「不，妳要把我們『放鴿子』，」他說：「我去救張記者，若瑟留在這裡監視你們的行動，你們要是偷跑，若瑟會吹哨子通知我。」

小弟未免考慮得太周到了，我聽得都不好意思。

他像一隻不怕累的山羊，蹦跳奔去。

一刻鐘後，小弟達成任務，很神氣地又回來了。他真把張記者的紅帽子、對講機和柴刀，披戴了滿滿一身，他說：「剛才我替張記者動了一個小手術，救他一命。」

莊小姐聽了「呀」一聲叫起來。

小弟指著憔悴的張記者那雙腳；我報廢的那雙黃雨鞋的鞋尖，開了兩個大洞，張記者的腳趾頭一排露出來，他說：「沒錯，是這小弟救我一命，現在舒服多了。」

誰知道，我們再往前走，會是一路涉水而行？張記者開過刀的雨鞋，正好灌飽溪水，他每一抬腿，都要雙手去拉拔，才能舉起來。大家勸張記者乾脆把雨鞋脫掉；但他的腳掌又禁不起小溪石的鑽刺，這，真把他折磨慘了。

我爸邊走邊回頭觀望，他還不信我們正在跋涉的這條澳花溪，是三溪的正流。可這溪水分流，清清楚楚，也由不得他不相信了。

當我們繞過一個山彎，又來到一處靜水灘。溪的兩岸長滿蛇木，還有盤飛的白頭翁，莊小姐的神情緊張，不斷叮嚀我，把醫藥箱背好，特別交代我跟緊她。我知道，野人的洞穴離此不遠了，我的心跳加速，嘴裡不停冒口水。

走在前頭的三位「獵捕專家」，突然激動地大叫，他們撿到一張漂流而下的登山標籤：「糟糕，有人走在我們前面，我們落後了！」說著，三人直往前跑，沒人喚得住。

14 他也是人家爸媽的心肝寶貝

阿匠哥帶領的南溪隊伍，哈用和關神父率領的中溪隊伍，果然都比我們先到達。他們一大群人，涉水站在溪床，站在溪岸，圍堵住一塊兩樓高的岩石。

我和莊小姐跑去，圓滑的溪石由不得我們健步行走，我幾次險些撲倒在水裡。小弟又一馬當先，帶頭和中、南溪的人群會合了。

原本靜默無聲、緩緩向岩石聚攏的人群，發現我們趕到，騷動起來，趕緊握住竹竿、木棍、麻繩和開山刀。我們的「獵捕專家」也擺好架式，準備撒網。

阿匠哥和哈用擋住攀上岩頂的去路，哈用一臉驚慌，好像他是守城的兵士，看見圍攻的人馬蠢蠢欲動，他的眼珠溜溜轉，一手扶岩石，一手卻不知擺哪裡好。阿匠哥張開雙手，低沉而嚴肅地說道：「請大家稍候，不要著急，我和哈用先上去看看……」他的話還沒說完，一位獵捕專家叫說：「到時別說，誰先看到，野人就是他的！」

這話一出，大家議論起來，圍堵的半弧陣式逐漸擴大，一頭向阿匠哥和哈用擋著的小路擁擠；一頭向一個陡坡推進，大家都奮力向前，怕落到人群後。

我仰看那座岩石頂，心情是又期待又害怕。

我覺得奇怪，野人既然住在岩石頂的洞穴，他難道沒聽見我們這群人的喧鬧?他怎麼沒出現,一跳在石頂上,大叫一聲:「伊牙累!」

他應該出現才對呀!

要是野人突然跳出來,不知我們這群人會鬧成什麼局面?誰的鮮血會最早淌在澳花溪的流水裡?

這時,關神父跨前一步,他背貼岩石,顫巍巍站住,說:「各位兄弟姊妹,為了大家的安全,請聽阿匠和哈用的話,將來有什麼問題,大家可以找我解決。」

「為什麼要聽他的?他自己一身都顧不了,還想解決大家的問題,不怕人笑。」我聽見有人說:「這個洋和尚未免管太多!」

阿匠哥和哈用突然展出特技動作,爬上岩頂,隨即消失不見了。

關神父馬上張手岔腿，鎮守攀岩的去路。

一群人似乎被他們三人的俐落身手和最高級的配合動作給鎮住，傻傻地在溪岸看著，等著。

我想，就算那些「挑戰死神」的獵捕專家們，也難得見到這種霹靂動作。內行人看門道，他們不服氣也得收斂，真有本事，他們應該照樣露一手三步攀岩的功夫，要不，只好乖乖站好，跟我們一樣站在溪裡泡水。

博士挨到我身邊，說他們一行人跟阿匠哥走南溪的經過，說景色好得不得了，溪水像透明的水晶，溪石像玉，兩岸的綠樹是大塊大片的翡翠，沒想到博士這人竟是一腦子的寶石夢，全拿珠寶打比方。他說一行人無心觀賞，他爸像急行軍，幾次走在阿匠哥前頭，還不時招呼大家趕快，弄得《熱線追蹤》的「李表哥」喘成一隻大青蛙。博士說一行人在澳花溪的匯流處，被哈用他們趕上，他爸還不相信北、中、南三溪是同一條溪分流的。

小弟和若瑟擠在記者群裡，兩人不停地開口，我聽不清說什麼，只覺得他們更像新聞記者。三家電視臺的記者不斷交換意見，聲音越說越響，壓過了其他等得不耐煩而閒聊的人。《華視新聞雜誌》的陳小姐，忽然拔尖說道：「我們有新聞採訪的自由，怎麼可以這樣呢？」但沒人理她。

差不多過了十分鐘，阿匠哥從岩頂探頭出來，特別指名要莊小姐上去。莊小姐穿過人群，閃過把守關口的關神父，爬到半坡，阿匠哥又著急問道：「妳的醫療箱呢？」我趕忙將醫療箱遞上去，以為阿匠哥肯讓我陪莊小姐上去，哪知他揮手要我退回。

又過了不久，哈用也探頭出來，指名要布都的姑婆「歐米果」上去。他這一叫，岩石底下的人都不服氣了，先是安靜聽著，好像輪流排隊，總有被點名上去的時候，卻偏是「那些不該上去的人」上去，老是輪不到自己，於是等待變成焦急，然後生氣了。

「誰規定只有護士和老太婆『歐米果』可以上去！沒道理嘛——」我爸說道：「別以為南澳山是阿匠的、是哈用的，講句公道話，這座山屬於大家，誰讓他點名發通行證？沒道理嘛！」

關神父雙臂平伸，好像被釘在十字架的耶穌基督，他硬是不讓其他人上去。我真怕有人會忍耐不住，把他推翻，或抓一把石頭丟他。

「沒錯，」管士官長也說：「澳花溪是大家的，南澳山也是，阿匠的葫蘆裡賣的什麼藥？他別把事情搞砸了。」

我小弟和若瑟前推後擠，竄到左邊的陡坡奮力爬去，我想喚住他們，已經來不及。其他人跟在他們後面，把小弟和若瑟托起來似的，往岩頂升上去。

關神父一著急，叫道：「各位弟兄姊妹，請大家不要這樣。」他的身子前傾，險些摔倒，他雙手攀住岩壁，卻騰出一條通路。我爸和獵捕專家領著精瘦的張記者擠過去，我和博士也留不住了，我們去扶關神父，一起跟著人群爬上岩頂。

當我們來到岩頂平臺，猛不防都被安靜的人群嚇呆了。

我以為會是一場「野人爭奪戰」，獵捕的工具一起上陣，動手的人齜牙咧嘴；看熱鬧的人在旁鼓譟，把山岩都震動了，誰知竟這樣著魔似地靜悄悄？

岩頂平臺的正前方，是一面掛滿綠籐的山壁，山壁下有座洞穴，人群圍在洞穴外三、四公尺，環繞成半圓弧型，人頭交叉遮擋，我看不見洞穴口的景象，於是和博士悄悄移步，繞到山壁右後方的一塊凸出的大石，攀住青藤，向下俯瞰。

洞穴口蹲著一個人，後腦紮一條黑黃的長辮子，他就是野人嗎？

他身披長毛獸皮，手臂垂在兩膝間，收下巴，怯怯望著包圍的人群。我的腦筋一時轉不過來，我以為野人應該是野蠻兇惡，高大而不畏懼，就算曾經受傷，也不該是這樣瘦弱的像飢餓過度而被捕的松鼠呀！

布都的姑婆「歐米果」蹲在他身旁，拉起他的左手臂，撫摸他手背上的一大塊黑色胎記，她自言自語又像對大家宣布，她喚著：「巴吉魯，巴吉魯。」

三家電視臺的攝影記者向前擠進來，不停拍攝，其他圍觀的人又騷動起來。野人抽回他的左手，擋在額前，我看見他的手腕紅腫，還淌著黃色水液，他移動小步往洞穴退，以防有人要打他。

阿匠哥揚手，說道：「不准靠近，不要嚇壞巴吉魯。」他手中握一把弓箭，我猜想這弓箭是野人的。阿匠哥說：「他不是野人，他是歐米果的弟弟，失蹤三十幾年的巴吉魯，請大家退後。」人群裡「嘩」的一聲叫起來。

布都的姑婆指著自己，不停告訴蹲在洞口的人：「歐米果，歐米果。」她輕撫那人的頭和臉頰，那人沒表情，歐米果自己卻流了一臉的淚水。

哈用站在他們身旁，像個木頭人。若瑟走到他爸爸身邊，我小弟也跟著走過去。

莊小姐打開醫療箱要替巴吉魯上藥，巴吉魯卻扭捏不肯。

「各位好朋友，這件事就到這裡結束，請大家下山吧。巴吉魯很多年沒有看過這麼多人，他會害怕。」阿匠哥說。

趁著人群移動，小弟來到我身邊，他說：「哥，這會不會騙人的？哪有人躲在山裡這麼久，還這麼巧，他是若瑟失蹤的叔公。我看，剛才他們先爬上來，安排好的。」

小弟這麼一說，大家都聽見了，又嗡嗡騷動。

「說的也是，不是安排好怎會這麼巧？」卡車司機偏頭吐一口鮮紅的檳榔汁，黑痣記者彈起來。司機說：「我一星期沒開車，就這樣被騙來騙去嗎？阿匠，你老實說，你準備怎麼安排這野人？」

「對呀，我們差一點就被騙了，演得不像嘛，」有人說道，引得人群全回頭，「失蹤三十幾年？就算小孩在山裡失蹤，只要命還在，三天也該找到家了。這麼大一個人，失蹤三十幾年，騙誰？如果是真的，為什麼不說清楚？對不對？」

都是小弟惹禍，他聽見有人助聲，似乎越覺得疑問有理，還想開口，我看情況不對，按住他肩頭，狠力捏筋，他「哎喲喂」一聲，回頭瞪我：「幹嘛？」

關神父站出來了，他合抱著雙掌，禱告一般，就道：「各位兄弟姊妹，我以天父之名作證，這位流落深山的弟兄巴吉魯，就是歐米果的親弟弟。歐米果曾經向我告解，請大家不要懷疑，」關神父謙和說道：「就算他不是誰的親人，也是上帝的子民，他也曾是人家爸媽的孩子，是人家紀念的弟兄，我們怎能綑綁他，讓他流血？巴吉魯的手傷非常嚴重，他必須下山治療。請大家回去吧，祝福他，祝他得到喜樂平安。」

巴吉魯讓莊小姐扶起來，他轉身面向洞穴凝視，歐米果輕輕地對他說話。這時，我才看清他的面孔，他的鬍鬚已經斑白了，深凹的眼眶裡有一對屬於老人、而又驚慌不定的黑眼珠。他抬起顫抖的左手臂，阿匠哥把弓箭還給他當楞杖，他彎腰鞠躬，腰卻沒再挺起來。他的眼珠溜溜看著四周的人，又停在洞穴口的一塊圓石上，那圓石顯得油亮光滑，應該是他天天坐著看太陽出來，看夕陽落山，是他獵捕回來，剝理獸肉的地方吧？

我的心揪得好緊，緊得不知怎麼呼吸。

15 自己的良心是最公正的仲裁者

小弟說得好：「要我在沒人的深山裡住三天，拿直升機跟我換，我也不要。」

巴吉魯回到澳花村後，博士、布都和我還習慣稱呼他「伊牙累」。「伊牙累」獨自在南澳大山生活三十幾年，沒有電燈、沒有電視、沒有家人和朋友。夜深時，應該有各種飛鳥和野獸的啼叫嘶嚎吧？他一點也不害怕嗎？

「伊牙累」在二十六歲的那年夏天，和兩位同村夥伴在大濁水溪口捕魚，發現海邊停了一艘最新式的機動舢舨。

「伊牙累」提議把舢舨開出去，捕一天魚，傍晚就開回來。當他們將舢舨推下海，舢舨的主人奔出來大叫大罵，「伊牙累」害怕，三人卻加足馬力將船駛出海。

他們沒有駕駛機動船的經驗，光是開船就叫他們忙不過來，直到天黑，也沒捕到一條青花魚，又不敢把舢舨開回大濁水溪口。

那天晚上，颱風來了。

頭幾次的黑浪就把他們打翻，「伊牙累」記得舢舨像一片屋頂，從頭上壓下來，醒來時，他躺在太魯閣的立霧溪河口一叢粗得像指頭的芒草梗裡，身旁還有三條蛇。

那艘舢舨不見蹤影。

他在清水斷崖下撿到同村夥伴的一截衣袖和一團魚線，又在和平海邊撿到一頂藤編的斗笠；還有同村夥伴的一具屍體。

「伊牙累」怕得往山上跑。三天後，他又回到海邊；但那具屍體也不見了，許多凌亂的腳印留在沙岸上。

他知道舢舨的主人和同村的人都要找他算帳，他一路奔逃，躲進南澳大山。他說，他不知過了幾年？

「伊牙累」的家人以為他被海浪吞沒，給大魚吃了。歐米果永遠記得她左手背有塊黑色胎記的弟弟，是她從小最疼愛的弟弟。她常到海邊徘徊，就是在山上採香菇的時候，看見大濁水的溪口也會傷心。

關神父說：「『伊牙累』是個膽怯的人，他沒有負責的勇氣，舢舨破了，同伴死了；但是他大難沒死，回到村子，明理的酋長會處罰他，但不會砍他的頭呀！

「『伊牙累』躲避了別人的責備，卻帶著永不消失的愧疚，躲在深山裡，這痛苦是雙倍的。」

關神父說：「還是要原諒『伊牙累』，以天父的名赦免他，他在深山中的日子，上天已經給他懲罰。『伊牙累』的良心，給他的罪做了公正的仲裁。」

那天，從南澳大山回來，「伊牙累」在洞穴裡找出一截衣袖和那頂補綴過的藤編斗笠，還有那把弓箭。他說，箭身纏繞的線就是在清水斷崖下撿到的那團魚線。他纏繞得那麼緊、那麼牢固，是不是那天偷竊舢舨的記憶也是這樣纏繞著他？

那天，離開澳花溪，一群人還是分三路下山，只是回去走的都不是來時的路。

領隊的人都一樣。管士官長那批南臺地的人跟著哈用從中溪下山；我爸換到南溪跟阿匠走；中臺地的人走北溪回去。大家原本不相信三溪的源頭來自澳花溪，又匯合成大濁水，選擇哪一條路，都能回到村子。關神父鼓勵三臺地的村民分頭走一趟，我們回到村子的時間，居然差不多，讓守候在土地公廟前的媽媽和小孩子們都睜眼看著。

我小弟看見背著約拿的布都，大嚷大叫：「布都，那個野人是你叔公咧！」這種事需要這樣吼叫嗎？我小弟到什麼時候才會長大、懂事些?這簡直存心嚇布都,布都和所有媽媽也真被嚇得說不出話來。

三家電視臺的直升機自作聰明,一架飛去採石場空地,兩架冒險停在中、南溪溪床。誰知三臺記者換了路線,直升機接到聯絡信號,又匆忙起飛,在半空交叉穿行,特技表演一般,教人捏一把冷汗。莊小姐說:「巴吉魯害怕得發抖,以為飛機來空襲。」

我們回到澳花村後,整整又鬧了一個下午。看熱鬧的人一點也不知疲累,他們圍住歐米果的家,在窗口探頭探腦,問長論短,還用鼻子聞,好像這樣回去才有向人吹噓的資料。

我爸很少爬山,回來後就躺在竹椅休息,懶洋洋地交代我:把西瓜送出去,一家一個。博士、布都和我才要動手,約拿就哼哼哭了,我媽哄他：「哥哥要做事，你到阿姨店裡等他，給你一包『乖乖』好嗎？」抱他進門，卻由我爸接手，我爸抱著他，在躺椅上搖呀搖，還唱歌仔戲給他聽，我爸居然能即興塡詞，哼唱起來也有板有眼。他唱說：

此事講來太荒唐／山頂野人是你叔公／人馬一陣山溝行／雙腳抽筋真冤枉。

無事惹事澳花村／有路走得無路滾／溪水清濁不同款／偏偏呀又是同一源。

博士、布都和我挨家挨戶送西瓜，小弟和若瑟在前面開道，叫著：

「耶誕老人來了，西瓜隨人吃啦！」

阿匠哥、莊小姐還有那黑痣記者坐在土地公廟的石椅說話，黑痣記者手持筆記本，寫寫停停，他問布都：「你媽要回澳花嗎？」

布都將西瓜抱進阿匠哥的家，出來時，黑痣記者又為我們合拍一張照片，他說：「希望布都的媽媽能看見。」

16 臺灣最知名的村落

暑假過後，博士、布都和我到南澳國中參加新生訓練，回來，三人又坐在落帽橋下吹涼風。今年夏天，真是個特別的夏天，我們都有這樣的感覺，真的。

山風和陽光依然一樣，南澳大山也一樣，澳花村的三個臺地也沒少一間房子，今年夏天發生過的事，雖然看不見、摸不著，卻好像仍留在誰也說不出來的地方，想看見就能看見，想聽見就能聽見。要不要再來一次？我想，不必了。

太寬鬆的新制服有一條條摺紋，像過年的新衣，站著、坐著，都讓人不自在。只有布都喜洋洋，他不停地說著就要來臨的中秋節、豐年祭、營火、跳舞和小米麻糬，還有，布都的媽媽就要回來了。

「伊牙累」在歐米果家住了幾天，手傷很快癒合，他搬去哈用家住幾天。那些坐遊覽車來參觀的人，吵得他受不了，關神父只好把他藏在教堂後的小屋，和他同住。

布都說：「我叔公參加過中秋節豐年祭後，就要回去南澳大山的洞裡，他不習慣跟這麼多人住在一起，他快要生病了。」

博士和我望著潺潺溪水，都沒說話。

我們知道，阿匠哥和莊小姐要在中秋節那天結婚，卻也沒人特別提起，好像這是自然的事；雖然為他們高興，但不必拿來當話題說。

我想，現在，我們澳花村大概是臺灣最知名的村落了，我卻希望大家把它忘記；那些去過南澳大山找尋「伊牙累」的人，也把這件事忘記，更不要再帶人去看那洞穴。

「以後，要是有人問我『伊牙累』的洞穴在哪裡，我一定不會告訴他。」我說。

「我也一樣，」博士說道：「希望南澳國中的人，也不知道誰是『三劍客』。」

一部摩托車噗噗噗從山路開來，車子開上落帽橋時，飛下來一頂帽子，不久，有人下來了，是黑痣記者。

他提著一袋紅紙燙金的喜帖，看見博士、布都和我，說道：「嘿！

三劍客不一樣了，看來都長大了。」他這樣打量我們的新制服，讓我們覺得不自在，他又說：「這是阿匠和莊小姐的喜帖，我是他們婚禮的總務，專門跑腿的。來，你們三劍客合發一張。」

「我們有資格嗎？」

我這一問，博士和布都暗暗踮起腳跟，浮上來，又快速沉下去。

黑痣記者說：「少年郎，你們看來很不一樣哦！」

吹過橋墩的山風，好涼爽。

風裡有山林的氣味，是草木的自然清香，是綠薄荷的清涼；風裡有溪流的氣味，是水藻的青鮮，是水薑花的清甜，這一回，山風裡又加了喜帖的人工香味，屬於人間的喜氣。

賞析

溫柔的筆觸　厚實的意蘊

國立臺東大學兒童文學研究所前所長　張子樟

1

從作家不同階段的作品中，我們約略可探知作家的成長歷程。作家回頭審視從前的作品，可能訝異當年的青澀，也可能滿意昔日的成就。然而讀者想法不盡然與作者完全一致。絕大多數讀者不太注意某部作品是作家的早期少作、高峰期成熟作品或成名後應付稿約之作；他們常常就作品論作品。在他們看來，作品的創作年代並不是十分重要，他們比較關切的極可能是作品主題的呈現方式，與技巧的表達手法。本文嘗試從這兩個角度來討論李潼早期作品《博士、布都與我》。

2

這本一九八九年出版的少年小說雖以童年趣事為主，但李潼在敘述中卻隱隱約約融入族群關懷與現實批判兩大主題。表面上，一般讀者讀到了三位國小剛畢業的小大人的暑假奇遇，場面熱鬧非凡，對話逗趣。一場圍捕「野人」盛事幾乎快要變成臺灣式的嘉年華。青少年讀者在歡笑之餘，不妨再深入思考，會發現作者的意圖並非如此單純，他是另有「陰謀」的。

族群問題是移民社會無法避免的。不同民族在臺灣進進出出，對島上族群造成不同程度的影響；本國內戰與動亂也同樣會釀成族群問題。國民政府於一九四九年遷臺，再度觸動臺灣的族群問題。在作者細心安排下，書中的「三劍客」就代表了三個族群。「博士」是管士官長的兒子，代表外省人族群；「布都」是泰雅族獵人哈用的兒子，代表原住民族群；「我」（阿堂）是雜貨店林老闆的兒子，代表閩南人族群。不同文化背景的族群生活在同一狹小環境內，衝突難免。這三個不同族群的大人為了捕捉野人，意見不合，造成重大衝突。三位小男生面對長輩的不和，並沒有各自站回自己族群的立場，反而想出不同的奇招，減少彼此的摩擦，化解不必要的誤會，終於因尋找「野人」的結局圓滿，而使族群衝突一事消弭不見。

在三路圍捕「野人」前，故事中的重要配角阿匠哥找了三個主角，加上關神父、莊小姐與不請自來的黑痣記者，在橋墩底下敘述往事。作者藉阿匠哥的半生經歷，說出三個族群的矛盾心結。阿匠哥身為漢人，原住民把他看成平地人，到平地社會，都市的漢人聽他說國語，又把他當成外省人，外省人又問他：「你是哪裡人？」他真不知道他是誰，面對南澳大山，他向大家說，北、中、南三條溪都是從美麗的澳花溪流過來的。三溪同源，不是影射三個族群同源嗎？作者的族群態度已經十分的確定。

「野人」事件發生後，不同新聞媒體（包括報紙、廣播與電視）為了搶奪新聞，往往不擇手段，互相設計、彼此抵制，暴露了陰暗面。

這些具有專業知識的高級知識份子，為了搶得先機，完全忘記了職業道德，在鄉間學童面前呈現了不堪入目的種種醜狀，例如搶打電話、捏造事實、煽動報導等。在爭奪新聞過程中，展現的全是心性中「惡」的一面，個個無所不用其「計」，彼此勾心鬥角，非扳倒對方不可。唯一可取的是幫布都聯絡上離家出走多年的媽媽。李潼沒有語帶嘲諷或不屑，只是以淡淡筆觸素描「實況」，尤其透過孩子的言語，更能讓讀者深刻了解新聞媒體帶來的某種程度的「禍害」。表面上是熱鬧逗趣，骨子裡卻隱含批判及反思。這也是本書值得關注的一點。

3

在角色刻畫方面，李潼把重心放在三個小男生身上，再以擅長搶鏡頭的阿堂弟弟襯托之，他們的性格突出鮮活，把這個年齡階段的青少年的共有性格凸顯出來。但作者也沒忘記故事的地域性，因此，這幾個小男生的言談與習性，從敘述中就顯現出來是屬於鄉間學童的，與都市孩子完全不同，在在顯示作者的用心。

或許讀者會覺得，李潼費了那麼多的功夫來鋪陳整個故事的架構，讓一個臺灣東部的小村莊，突然一躍而成為全國媒體的焦點，澳花村的村民心中久已遺忘的族群意識再被挑起，懸疑不斷，使得讀者期待書尾來個意想不到的大高潮——野人大戰那些準備捕捉他的人們，結果卻雷大雨小，結局依然是意想不到，但似乎欠缺說服力，讀者恐怕無法感動。「野人」竟然是失蹤三十多年的巴吉魯——村民歐米果的親弟弟。預期的閱讀效果打了折扣，所有原先想像的大場面全不見了。這當然是一種寫法，但作者已經把他意圖表現的主題呈現出來，故事的完整性也達到了，不必在結束處搬演金光戲，反而弄得不倫不類。這絕不是作者的功力不足，而是他的聰明之處——截取與篩選適當的材料，捨棄煽血腥（sensational）之描繪。

如果讀者對於李潼描寫族群互動的故事有深層興趣的話，不妨再讀讀他另外幾本作品：《少年噶瑪蘭》、《我們的祕魔岩》、《尋找中央山脈的弟兄》等。這幾本書同樣能深入展現作者對於族群關係的超然立場。

後記

我們的成年禮

李潼

臺灣的大人熱心為青少年舉行集團成年禮，大約是二十世紀八〇年代以來的事。

在這之前，每年七夕，臺南古城奉祀七娘媽的開隆宮，年年為十六歲的在地子弟做成年禮；至於更早落腳臺灣的南島土著民族，以不同的方式為青少年所辦的成年禮，溯源更久遠。但是，這些在特定時間、特定場所而且不那麼聲張的成年禮，因不是普及的活動，有機會參加的青少年畢竟有限，都不如九〇年代以來，在臺灣各地舉行的大規模成年禮，這麼引人注目。

集團成年禮的引人注目，就像張貼得醒眼的標語，它的意義是否因此更深刻？

成年禮的形式推陳出新，就像重新包裝的老產品，它的原味是否仍被保留？

普及而簡易化的成年禮，就像方便進出的速成班，它的學習精神是否仍被看重？

一般成年禮，多數也歡迎青少年的父母、師長和親友觀禮，給予關切和祝福，他們同時也扮演見證人，讓當事者的青少年心思更認真、態度更莊重。

因各種族和地域的文化不同，成年禮的儀式也不盡相同，適齡不同、舉行時日不同、形式不同，尤其通過成年禮的難易度更大大不同。

越不受現代文明影響而保存傳統生活的部落民族，相較之下，他們的青少年成年禮通過項目，顯然艱難得多：採集某種植物、進入某個禁地、捕捉某種動物、往返某個旅程、切割某項器官、刺記某種符號……這些單一或配套的流程，標舉的不外是機智、勇敢、負責和學習。

臺灣的漢人父母，在七夕帶著十六歲的兒女，到廟中拜謝七娘媽的庇佑護持，他們並高舉紙糊的七娘媽亭，讓「轉大人」的兒女，從亭下穿過三次，稱為「出鳥母間」，表示可以成年獨立了。這樣的成年禮簡易卻也典雅，至少含有感恩及祝願的意義。

臺灣各地在九○年代以來時興的青少年成年禮形式，一般是演說教誨、喝成人酒、向觀禮的父母鞠躬、送六法全書、戴新帽，乃至還有開勁爆舞會、丟擲水球和歌唱接力。這樣的現代成年禮，儘管簡易而熱鬧，若能把握成年禮的精神意義，以現代青少年較熟悉、有興趣且實用的形式，達到「寓教於樂」的作用，也沒人敢說不好。

青春少年有機會參加在特定時間、特定場所，以特定形式舉行的成年禮，可說是一大幸運。即使成年禮對未來人生的勇敢、負責、機智或寬容等課題沒有特定項目的強調，至少，來參加的青少年都受到祝福，連觀禮者也享受了期待的美好滋味。

成年禮既是象徵意味濃厚的儀式，它無形的價值應勝於實質作用，那麼，只要能傳達它的精神意義，成年禮的任何形式都可以被容許，包括不具儀規典禮的成年禮，也可以是一種類型。

《博士、布都與我》這三位少年主人翁，因野人事件而參與了村民的族群拚鬥，無疑也參加了一場盛大的成年禮。

在這場血汗交織的典禮中，大人們的表現十分投入，也極具影響，他們是祭司和喧鬧的觀禮者。事實上，人生任何一齣戲的演出，真正的主角，和年齡、資歷、容貌、身材或性別都沒有絕對關係，端看誰能在平日進退有序；誰能在關鍵時刻展現睿智；誰能讓一齣拖棚的爛戲有了轉折的高潮；誰能讓一齣精采好戲有個令人舒緩的結局。

因此，《博士、布都與我》的三位少年，他們的確是這場成年禮的主角，也是另一種觀禮者。

自以為成年的大人們，他們的身體和臉上皺紋顯示的，無疑是成年了；但若以性情的穩定、智慧的寬容或協調的能力來檢驗，他們的成年資格仍有很大的討論空間。他們是特定形式成年禮的觀禮者，若他們能同意人生是一場永續學習的超級大戲，那麼，在人生的任何階段，都安排有不具形式的成年禮，在他不論三十六歲、四十六歲或五十六歲的任何時刻，迎接它的到來。所以，觀禮者除了父母、師長和親友，也可以包含子女、學徒或路人。

延續不止的成年禮，真讓人快活。那種新鮮人的感受，是青春長在的保證書，是最有價值的人生門票，支持這快活感受的，正是學習：在人生各階段的成年禮，讓主角與觀禮者的角色不斷互換的學習。

《博士、布都與我》在一九八九年五月由聯合報系民生報社出版，出版時刻，也是我由公職轉入專業寫作的前夕。這本書在第二年獲得第十五屆國家文藝獎，它豐厚的獎金和獎章，對我起步的專業寫作信心，極具實質作用；而隆重的頒獎儀式和觀禮者給予的誠摯祝福，更讓我的專業寫作生涯，有了自我莊重的起頭。這是我從事文學創作以來，又一次成年禮。

展卷吧，讓我們結伴去參加一場成年禮。

李潼作品集
博士、布都與我

2021年9月二版
定價：新臺幣320元

著者	李潼
叢書編輯	葉倩廷
校對	趙蓓芬
內文排版	王分穎
封面設計	謝佳穎
副總編輯	陳逸華
總編輯	涂豐恩
總經理	陳芝宇
社長	羅國俊
發行人	林載爵

出版者	聯經出版事業股份有限公司
地址	新北市汐止區大同路一段369號1樓
叢書主編電話	(02)86925588轉5312
台北聯經書房	台北市新生南路三段94號
電話	(02)23620308
台中分公司	台中市北區崇德路一段198號
暨門市電話	(04)22312023
台中電子信箱	e-mail：linking2@ms42.hinet.net
郵政劃撥帳戶第	0100559-3號
郵撥電話	(02)23620308
印刷者	文聯彩色製版印刷有限公司
總經銷	聯合發行股份有限公司
發行所	新北市新店區寶橋路235巷6弄6號2樓
電話	(02)29178022

行政院新聞局出版事業登記證局版臺業字第0130號

本書如有缺頁，破損，倒裝請寄回台北聯經書房更換。
ISBN 978-957-08-5855-6 (平裝)
聯經網址：www.linkingbooks.com.tw
電子信箱：linking@udngroup.com

國家圖書館出版品預行編目資料

博士、布都與我/李潼著．二版．新北市．聯經．
2021年9月．288面．14.8×21公分（李潼作品集）
ISBN 978-957-08-5855-6（平裝）

863.596 110008090